KB037278

남궁동자

남궁동자

초판 인쇄 2002년 4월 20일
초판 발행 2002년 4월 30일

지은이 최요안

펴낸이 유연식
펴낸곳 도서출판 아이필드
출판등록 2001년 11월 6일
등록번호 제 2001-52호
주소 411-310 경기도 고양시 일산구 일산동 1346-6
전화 031-902-3582
팩스 031-905-5676
e-mail ifieldpub@hanmail.net

디자인 상그라픽아트
일러스트레이션 백보현

ⓒ 이동화 2002

ISBN 89-89938-11-2 03810

• 잘못 만들어진 책은 서점에서 바꿔드립니다.
• 책값은 뒤표지에 있습니다.

나뭉둥자

최요안 지음

아이필드

나ㅁ구ㅇ듸ㅇ자 |차례|

| **일러두기** |

• 본문 중 고딕으로 된 작은 글씨는 이해를 돕기 위해 편집자가 넣은 것입니다.

• 예스러운 표현이나 방언, 작가의 독특한 표현 등 이해하는 데 지장이 없는 부분은 저자의
 문학적 표현임을 감안하여 원문을 그대로 살렸습니다.

나의 초상화

　내 이름은 남궁동자(南宮童子)야요.

　아시는 분도 계실 거야요. 모르는 분을 위해서 잠깐 소개해 드리지요.

　이름도 길듯이 내 키도 상당히 길어요.

　중3. 10월 현재, 165야요. 길을 가다가 보아도 나보다 큰 여잔 그리 쉽지 않아요. 나보다 작은 남자들도 많더군요. 키가 날씬하기 때문에 뒤로 본 체격은 과히 나쁘지 않을 거야요. 그러나 앞으로는 안 보는 것이 좋을 거야. 왜냐하면 얼굴이 예쁘지 못하니까요. 대충 중간쯤이라도 됐으면 좋겠는데, 아무리 에누리해서 생각해 보아도 우리 클래스에서 끝으로 둘째 되기도 어려울 것 같아요.

　어릴 적에 천연두를 앓아서 얼굴이 납작보리같이 된 아이도 있는데, 걔만도 못할 것 같애요. 걔 이름은 명희인데, 명희는 비록 곰보지만 목소리가 방울같이 맑고 커다란 쌍꺼풀진 눈이 아주 멋있어요. 콧날도 오뚝하고 공부도 잘해요.

그러나 내 눈은 잘 때나 안 잘 때나 비슷할 만큼 가늘어요. 코는 들창코고, 목소리는 감기든 노인네같이 베이스에다 쉰 소리예요.

그래서 좀처럼 말을 안 하고, 고개로 예스와 노로만 대답을 하지요.

게다가 머리털은 불에 눋은 것같이 누렇고 까칠까칠해요. 공부 성적이나 좋았으면 그거나마 자랑으로 삼고 싶은데, 60명 중에서 항상 60째예요.

다만 운동은 좋아해요. 야구, 축구, 럭비, 유도 다 해요. 요새는 이웃의 남학생 집에 가서 역도도 하고 있어요.

이렇게 못나게 태어날 바에야 남자로 태어났으면 좋았을 거야요.

하느님이 남자로 만들었다가 막상 이 세상에 내놓을 적에 잠깐 한눈을 파시다가 무얼 깜박 잊어버리신 것만 같아요.

어머니는 늘 나보고 계집애답지 않다고 한탄이야요. 하지만 어머니 자신도 결코 예쁜 얼굴은 아니거든요. 용은 용을 낳고, 개구리는 개구리를 낳고, 미인 아닌 어머니가 미인 아닌 딸을 낳기로 당연하지 뭐야요.

"어머니두 참! 자신의 얼굴이나 한번 거울 속에 비쳐 보시고 남의 얼굴 나무라시구려!"

내가 이렇게 말했더니, 어머니는 그래도 자기의 얼굴이 미인

이라고 생각하시는지, 거울을 힐끗 보더니,

"왜 내 얼굴이 어때서. 젊었을 적의 내 사진 보렴!"
하면서 옛날 사진을 꺼냈어요.

여학교를 갓 졸업하고 박은 사진인데, 그 사진만은 눈두 ㅋ
고 코도 납작해 보이지 않고, 예쁘게 박혔어요.

"요 사진은 꽤 예뻐요. 하지만 사진사의 농간이지 어머니의
얼굴은 그때 이만 못했을 거야!"

"정말은 이 사진 덕분에 너의 아버지와 결혼이 되었다. 그때
만 해도 요새 모양 데이트라는 절차가 있겠니. 시골서 사진을
보내고 받고, 좋다 하면 하는 거지! 너의 아버지는 사진을 보고
오케이했다지 뭐야! 중매 선 사람이 한번 만나 보라고 했다지
않아? 요새 말로 데이트를 해보라니까, 안 해도 좋다고 말하시
더란다."

"왜 그랬을까?"

"너의 아버지가 나중에 고백하는데, 색시 얼굴이 너무 예뻐
서 어설피 데이트를 하다간 자기가 퇴짜를 맞을까 봐 겁이 났
다지 뭐니!"

어머니는 이렇게 말하며 깔깔 웃었지 뭐야요.

아버지는 내가 세 살 적에 병으로 떠났으니, 아버지가 어떻
게 생겼는지 기억이 희미해요.

다만 추측건대, 아버지도 잘생긴 얼굴은 아니었던가 봐요.
동란 1950년의 한국 전쟁 통에 아버지의 사진조차 종적을 감추었으니,
나의 기억에 남은 아버지에 대한 이미지는 다만 그 넓적한 등

허리뿐이야요.

세 살 때, 아마 김장 때였나 봐요. 부엌칼로 무를 깎는 흉내를 내다가 잘못해서 칼끝이 그만 이마에 꽂혔지 뭐야요. 무거운 식칼이 대롱대롱 달려 있었다니, 칼날 앞으로 고꾸라졌던 모양이야요. 그래도 울지도 않더래요.

이마에 붕대를 감고, 아버지 등에 업히어 뜰을 왔다 갔다 하던 기억이 아버지에 대한 나의 기억의 처음이고 또 마지막이야요.

폭넓은 아버지의 등허리에 업혔던 추억은 지금도 한 토막의 필름에 찍힌 영상같이 선명하며, 아직도 내 손에 그 등허리의 감각이 고스란히 여운을 남기고 있는 것만 같아요.

지금도 그때의 흉터가 이마에 비스듬히 일(一)자로 남아 있는데, 가뜩이나 잘난 얼굴에 금상첨화(錦上添花) 격으로 더 보기 좋게 해 놓았지 뭐야요.

"정형 수술을 해서 그 이마의 흠 자국이나 없애자!"

어머니는 몇 번이나 이렇게 권했으나, 나는 그럴 생각이 없어요.

잘난 얼굴의 흠이라면 흠을 없앨 맛도 나지만, 못날 만큼 못난 얼굴에 그까짓 흉터 하나쯤 있으나마나거든요.

한번은 학교에서 돌아오는 길에 어머니 심부름으로 어딜 좀 들렀다가 어두울 무렵에 집으로 가는데, 대학생 하나가 내 뒤를 따라오고 있었어요.

처음에는 길이 우연히 일치했으려니 생각했는데, 내가 서점 윈도 앞에서 발을 멈추고 책을 들여다보았더니 그 대학생도 가지 않고 저만큼 서 있었어요.

늘 다니는 종묘 담 쪽 골목으로 들어서니, 그는 여전히 따라 왔어요. 마침 십오야 보름달이 비치던 저녁이라 골목길에는 달 그림자가 또렷이 비치고 있었어요.

'그저 뒷모양만 보이라! 잎모양은 볼 생각 마시고!'

나는 속으로 웃음 치며 걷고 있었어요. 긴 뒷골목길을 반쯤 왔을 때, 대학생의 그림자가 쓱 다가서더니,

"실례합니다!"

하고 말을 걸겠지요.

"왜 그러시죠?"

아무래도 깜짝 놀라 달아날 줄 알고 퉁명스럽게 물었더니 말을 건 대학생은 수줍어하는 말투로 다음과 같이 말하는 것이었어요.

"……뒷스타일이 멋있길래, 프렌드가 좀 되고 싶어서 뒤를 따라왔어요. 그렇다고 내가 불량 학생은 아니야요. K대의 경영학과 2학년, 이름은 김추식이라고 해요."

K대의 경영학과는 입학 경쟁률이 굉장히 높으니, 머리 좋은 학생인 것이 틀림없었어요.

달빛에 비친 얼굴을 보니, 곱살한 얼굴이면서도 어딘지 남자다운 데가 있었어요.

나로서는 어느 나라의 왕자님의 방문을 받은 거나 같이 반가웠지 뭐야요.

그러나 반갑고 기쁜 마음을 얼굴에 나타내지는 않았어요. 내 얼굴을 보고는 필경, 내뺄 것이 빤했기 때문에,

"나는 여자 프렌드면 만족해요. 남자 프렌드는 필요하지 않아요."

하고 대답을 했어요.

"고3이시죠. 대학 입시 준비를 도와드릴 수도 있어요. 그런 의미에서도 나 같은 보이 프렌드 하나쯤 거절하실 필요는 없을 것 같은데요."

남자는 입가에 부드러운 미소를 담고 말하는 것이었어요.

내가 몸집이 크니 중3 배지를 고3으로 잘못 보았나 봐요. 구태여 중3이라고 말하지 않고 가만히 있었어요.

그는 내 얼굴을 바라보고, 달빛은 내 얼굴에 비치고 있었어요.

'이제 내 상통 보고 달아나겠지!'

속으로 이렇게 생각하며, 달아나기만 기다렸더니,

"내일 저녁에 한번 만나시지 않겠어요. 국립 극장 초대권이 두 장 있는데 같이 안 가시겠어요?"

그는 내 얼굴을 빤히 보며 말하고 있었어요.

나의 못난 얼굴도 괜찮게 보아 주는 눈이 있나 싶어 나는 좋다고 승낙을 했어요.

"대학은 어디를 치실라고 하죠?"

걸으면서 그는 물었어요.

"저도 K대의 경영학과나 가 볼까 해요!"

나는 목소리를 곱게 다듬으며 고3인 척하고 말했어요.

그는 입시 준비를 힘껏 도와주겠노라고 거듭 말하겠지요.

그는 우리 집 앞까지 같이 걸어왔어요.

14

우리 집 앞에는 구멍가게가 있는데 그 앞에서 헤어질 때, 내 얼굴을 본 그의 표정은 확 변했어요.

나는 표정도 곱게 짓고 작은 눈도 커 보이려고 애를 썼지만, 그는 올 때와는 딴판으로 우물쭈물하며 말없이 그냥 가 버렸어요.

아마 아까는 달빛이 못난 내 얼굴의 여러 가지 흠을 감춰 주었던가 봐요.

그래도 혹시나 하는 생각에 그 이튿날 약속한 시간에 국립 극장 앞에 갔더니, 그 대학생은 와 있지 않았어요.

한 시간이나 기다리다 돌아오면서 생각하기를,

'나는 나를 여자라고는 생각지 말아야지! 이렇게 못났으니 여자 노릇은 하지 말고, 남자 같은 마음으로나 살자!'

그 후부터는 길에 가다가 남학생이 나를 쳐다보면,

'저 녀석 나를 보고 꽤도 못난 얼굴이다 하고 여길 거야. 오냐, 나는 못났다. 잘 보아 두어라. 이만큼 못나면 그것도 귀한 거란다!'

하며 나는 속으로 웃지요.

입시 고비

몇 달 안 남은 고등학교 입시를 앞두고 중3 클래스에서는 만나면 그 얘기고, 제각기 시험 준비에 골몰하고 있었어요.

다만 진숙이와 나만은 그 축에 끼지 않고, 고등학교 얘기가 나오면 물에 뜬 기름 모양 따로 떨어져서 운동장 구석의 은행나무 밑이나 강당 뒤로 몸을 피했어요.

오늘도 방과 후 은행나무 밑에서 멀거니 하늘을 쳐다보며 진숙이는 깊은 한숨을 지었어요.

진숙이는 다섯째 안에 드는 성적이지만, 작년부터 집안의 경제 사정이 매우 나빠져서 진학할 수가 없게 되었어요.

어머니가 남의 빚을 돌려 장사를 하다가 실패를 하여 막대한 빚을 걸머지게 되었고, 그의 오빠는 오빠대로 폐가 나빠서 고등학교 음악 선생으로 나가던 것도 그만두고 약도 제대로 못 쓰며 집에서 정양 병 치료를 위해 쉬거나 요양함 하고 있는 중이었어요.

　진숙이는 물감같이 파란 가을 하늘도 자기에게는 먹구름같
이 까맣다고 말했어요.
　"나도 까맣게 보인다!"
　나는 말했어요.
　"너야, 진학할 수 있지 않니?"
　"진숙이 니가 안 가는데, 내가 고등학교 가서 뭣 허니?"
　진숙이는 눈이 동그래서 나를 바라보았어요.

"정말 내가 안 가면 너도 안 가니?"

그나마 조그마한 위로가 되는지, 진숙이는 입가에 약간 미소를 담고 내 손을 잡았어요.

"그렇지만 나 때문에 고등학교에 안 간단 말은 안 돼. 동자너는 가라!"

"니가 안 가는 고등학교에 난들 무슨 재미로 가니!"

우리 뒤에는 조금 전부터 까불이 달숙이가 살금살금 걸어와 있는 걸 몰랐어요.

진숙이가 고등학교에 진학 안 한다는 얘기는 아무도 모르는데, 달숙이가 비로소 엿들은 것이었어요.

"지금 한 말 정말이니? 거짓말이겠지?"

달숙이는 자기 귀를 의심하듯이 말했어요. 부끄러움을 잘 느끼는 진숙이는 금방 얼굴빛이 확 달아올랐어요.

"왜 안 가. 진숙이같이 성적 좋은 아이가 고등학교 안 가면 고등학교가 눈물 흘리게!"

나는 진숙이의 기분을 구해 주기 위해서 그렇게 말했어요.

"그럼 그렇지, 공주님이 중학만 마치고 그만두신다니 만부당 천부당한 말씀인 줄 아뢰오."

달숙이는 방송극에 나오는 성우 투로 지껄여 댔어요.

"S대 문리대에 재작년에 일등으로 들어간 학생이 있는데, 다섯 명쯤 그룹을 짜면 입시 과외 공부 지도해 주겠대. 넌 안 낄래?"

"……나는 이미 지도 받는 데가 있어!"

18

남한테 지기 싫어하는 진숙이는 이렇게 대답했어요.

"어떤 선생이니?"

달숙이는 물었어요.

진숙이는 그것까지는 대답을 못 하고 가만히 있었어요.

그 표정은 나만이 알 수 있는 진숙이의 괴로움을 감춘 아픈 표정이었어요.

"고등학교 수학 선생과 영어 선생이 매달려 계시단다!"

내가 허풍을 떨었지요.

"아유, 그래? 진숙인 성적도 좋겠다, 문제없겠구나!"

달숙이는 부러운 듯이 진숙이를 바라보았어요.

이때, 연희, 춘자, 그 밖에 진숙이와 친한 학생들이 은행나무 밑으로 몰려들었어요. 입빠른 달숙이는 나한테 들은 말을 벗들에게 살을 붙여 퍼뜨렸어요.

늘 성적을 다투던 연희와 시기심이 많은 춘자는 어딘지 적대시하는 표정이 되었어요.

다 친한 사이지만, 입시를 앞둔 지금은 클래스메이트가 다 라이벌이라는 입장에 서게 되었으니, 남이 잘되어 가는 것이 속으로는 덜 좋았어요.

"밤 몇 시까지 공부하니?"

연희가 진숙이 보고 물었어요.

나 같은 건 경쟁의 상대도 되지 않기 때문에, 모두 무시하고 시선은 진숙이에게만 쏠리고 있었어요.

진숙이는 괴로워서, 말을 못 하고 시선을 땅에 떨어뜨리고 가만히 있었어요. 진숙이의 눈에서는 금방 눈물이 쏟아질 것만 같았어요.

"밤 열두 시까지 공부한다!"

내가 비서 역을 맡아 대답했지요.

"어머, 지독하구나?"

연희는 입을 딱 벌리며 시기의 빛이 얼굴을 확 덮었어요.

"우리두 이러구 있을 때가 아니라, 가서 공부해야지!"

연희는 단 일 분이 아까운 듯이 춘자와 함께 총총걸음을 놓아 교문으로 사라져 버렸어요.

달숙이는 깡충깡충 토끼같이 뛰며 그 뒤를 따라갔어요.

삼삼오오로 짝을 지어 교문으로 빠지는 중에, 학생들의 뒷모양을 잔디 위에 앉아서 멀거니 바라보는 진숙이의 눈에는 구슬 같은 눈물이 줄을 지어 흘렀어요.

"재네들은 다 행복하구나! 난 불행한 그늘 속의 존재야."

진숙이는 눈물이 흘러 들어간 윗입술을 질끈 깨물며 그렇게 말했어요.

"아직 실망하지는 마라. 그동안 너의 집 사정이 좋아질지도 모르는 거야."

"아냐, 희망 없어!"

"하여튼 시험 준비는 하고 있어라. 정 뭣하면, 내가 등록금 대 줄게!"

진숙이는 눈을 반짝거리며 나를 쳐다보았어요.

"웬 돈으로?"

"하여튼 걱정 마아."

"이 세상에 너 같은 우정이 또 어디 있겠니? 정말 나의 친구는 동자 너뿐이야! 그러나 등록금만 가지고 되니? 옷값도 있지, 책값도 있구! 자신 없어. 요샌 그날 끼니거리도 걱정이야. 너한테만 허물없이 다 얘기한다. 딴 아이들한테는 절대로 말하지 마아! 딴 아이들이 이걸 알면 나는 죽어 버릴 테야!"

집으로 돌아올 때, 진숙이의 표정은 학교에 있을 때보다 훨씬 밝았어요. 내가 등록금을 내주겠다고 한 말을 듣고 마음에 희망이 생긴 모양이었어요.

그러나 한편으로는 내 말만 믿을 수 없는지 불안해하기도 했어요.

진숙이는 우리 집 살림도 그다지 넉넉하지는 못한 것을 알고 있었어요. 나 하나 학교 가는 것이 고작이지 남의 등록금까지 대 준다는 것은 어려운 일이었어요.

그러나 나로서는 과히 어려운 일이 아니었어요.

지금 다니는 K중에서 K고로 곧장 올라갈 힘은 나에게 없어요. 결국 입시가 수월한 변두리 학교에 들어가게 될 것인데, 시험을 보고 합격하면, 등록금을 받아서 나는 등록을 않고, 진숙이를 주면 되는 것이었어요.

"안심해, 절대. 내가 등록금을 대 줄게!"

"어떤 어머니가 남의 등록금 내주기를 승낙하시겠니?"

진숙이는 반신반의하면서도 나를 믿는 마음으로 물끄러미 바라보았어요.

"나한테 저금이 있어!"

"정말이니?"

진숙이는 길바닥에서 나를 꼭 껴안고 좋아라 했어요. 진숙이가 좋아라 하는 걸 보니, 나도 이렇게 좋은지 몰랐어요. 아까도 말했지만, 나는 나를 남자로 인정하고 있기 때문에 진숙이를 은근히 사랑하고 있는지도 몰라요.

저녁밥을 먹고 진숙이의 집을 찾아갔더니 열심히 공부를 하고 있었어요.

창가에는 별이 반짝거리고 있는데 진숙이는 그 별 하나하나가 보석같이 보인다고 말했어요.

이때, 진숙이 오빠가 공부방에 들어왔어요.

"동자, 동자가 고등학교 등록금을 꾸어 주겠다고 하였다면서? 정말인가?"

"네에."

"그 돈은 언제까지 갚으면 되나?"

"안 갚아도 좋고, 갚아도 좋아요."

"친구의 우정도 그러한데, 오빠로서 누이동생 하나 있는 거 진학을 못 시킬 생각을 하니 가슴이 아파! 그러나 내가 죽지 않는 한 작곡이라도 해서 진숙이의 학비를 댈 테야!"

오빠는 나와 진숙이를 번갈아 보며 말했어요.

진숙이는 잠시 심각한 표정이 되더니, 그 얼굴은 희망에 가득 찼어요.

오빠의 그 말로써 한층 힘을 얻은 것이었어요.

오빠가 자기 방에 간 뒤, 진숙이는 나의 일을 걱정했어요.

"동자, 공부 모르는 거 내가 가르쳐 줄게, 열심히 해! 동자도 K 고교에 들어가야지, 떨어지면 어떻게 허지?"

"나는 자신 없어!"

"그래도 해볼 만큼 해봐."

진숙이는 이렇게 말하지만, 내가 합격하리라고는 믿지 않는 표정이었어요.

진숙이가 안 믿을 뿐 아니라, 내 자신도 믿을 수 없는 일이었어요.

담임 선생님도, 정원 미달의 변두리 학교나 지원하라고 한 일이 있었어요.

집에 돌아와서 가만히 생각하니, 진숙이와 떨어져서 딴 학교에 가는 것은 무의미했어요. 나도 꼭 K 고교에 들어가야만 하겠어요.

나는 이날 밤부터 책상 앞에 앉았어요.

어머니와 할아버지가 입이 쓰도록 얼굴 못생긴 보충으로 공부나 좀 열심히 하라고 하였건만 귀에 걸치지도 않던 내가, 진숙이와 떨어지기 싫어서 딥다 파기 시작했어요.

한참 공부하다가 밖을 보니 자동차 소리가 났어요. 시계를 보니 어느덧 아침 4시 반이겠지요.

그때부터 두 시간을 자고, 6시 반에는 일어나서 밥을 먹고 학교에 갔어요.

그 다음 날도 나는 그대로 계속했어요. 그 대신 잠이 부족해서 교실에서는 꾸벅꾸벅 노를 젓고 졸았어요.

"아무래도 동자는 K 고교에 못 들어갈 테니 졸게 내버려
두자."

하는 신생님의 소리가 귀에 들렸어요.

반은 졸면서, 반은 선생님의 가르치는 소리를 다 듣고 있었
어요.

미스터 달님

우리 속담에 '개살구도 맛 들일 탓' 이란 말이 있잖아요?

나는 그 말뜻을 비로소 요즘 알았지 뭐예요.

길에 가다가 시퍼런 개살구를 사 먹는 여자를 본 일이 있는데, 무슨 맛으로 저런 것을 아깝게 돈을 주고 사 먹을까, 나는 거저 준대도 안 먹겠다고 생각했었어요.

공부한다는 것은 나에게는 개살구나 같은 것이었어요. 학교에 다니는 것은 교복을 입고, 배지를 가슴에 달고, 가방을 들고 다니는 멋이지, 공부한다는 것은 개살구 맛처럼 시금털털하였어요.

하루 이틀 밤잠 안 자고, 공부라는 이름의 개살구를 맛 들여 갔더니, 제법 맛이 나지 뭐야요.

모르던 것을 하나하나 깨쳐 나가니까, 그것은 마치 어두운 길에 달빛이 든 것 같았어요. 이 세상에서 내가 제일 좋아하는 것이 무언지 말할까요?

달이야요.

상현달도 좋고, 하현달도 좋고, 보름달은 더욱 좋고, 다 좋아해요.

내 얼굴빛이 거무튀튀하기 때문에, 흰하고 밝은 달빛이 맘에 드는가 봐요.

이런 말을 들으면 어머니가 화낼지도 모르지만, 어머니보다도 나는 달이 좋아요. 왜냐하면 어머니는 우리 딸 동자가 못나서 데려갈 사람이 없겠다고 말하지만, 달님만은 마치 내가 그리운 듯이 나를 바라보거든요.

미스터 달님의 표정에는,

'동자, 네 얼굴은 꽤 못났구나.'

이런 표정은 털끝만큼도 없거든요.

달님을 여성으로 생각하는 사람들은 많지만 나에게는 미스터야요.

남이 다 잠든 고요한 깊은 밤중에 공부하다 창문을 열고 내다보면, 초저녁에 안 보이던 달이 하늘 복판에 떠올라 있어요. 이때 마주친 미스터 달님의 얼굴은 나 혼자만을 위해 깊은 밤에 떠 있는 것 같아요. 아무도 보는 사람 없고, 나만이 보고 있으니, 마치 우리는 데이트하는 기분이야요. 말하자면, 미스터 달님은 나의 보이 프렌드야요.

지상의 보이 프렌드도 좋지만 하늘의 보이 프렌드는 더 멋있지 않을까요?

26

개살구에 맛 들이기 시작한 것도 알고 보면, K 고교에 들어 갈 시험 준비뿐만 아니라, 달님과 데이트하는 기쁨이 절반을 차지했던 거야요.

이렇게 밤을 낮으로 보내니, 낮에는 잠을 자야 할 시간이 되고 말았어요.

하루 이틀을 안 자고 견디기도 해보았는데, 선생님의 얼굴이 둘로 보이고, 다리가 넷으로 보였어요. 그렇기 때문에 교문을 들어서는 것은 잠자리에 들어가는 거야요.

교실에선 첫 시간부터 눈을 감고 조는 거야요. 졸고는 있지만 선생님 얘기는 귀에 다 들렸어요. 일부러 들으려고 애쓴 것은 아닌데도 아무튼 들렸어요. 즉, 한편으로는 졸면서 한편으로는 듣고 있었으니, 자면서 공부를 하는 셈이었지요.

하루는 '딸기코'가 내가 조는 것을 발견했어요. 영어 선생이자 담임인 Y 선생의 붉은 코는 벌집 모양 땀구멍이 매꿈매꿈 보이기 때문에 그런 별명이 붙은 거야요.

'딸기코'는 한 사람이라도 자기 말에 귀를 기울이고 있지 않으면 코가 더 빨개지며 화내는 습성이 계시거든요.

선생님은 한참 열을 들여 가르치는데, 내 고개가 얼씨구나 끄떡 하고 앞뒤로 방아를 찧고 있는 것을 발견했지 뭐예요.

"남궁동자!"

딸기코는 높은 옥타브로 내 이름을 불렀어요.

"첫 시간부터 조는 놈이 어디 있나?"

"졸려거든 밖으로 나가라!"

28

눈을 뜨려고 했으나 접착제로 붙인 것같이 나의 눈꺼풀은 떨어지지가 않았어요.

옆에 앉은 진숙이가 내 무릎을 잡아 흔들었어요. 나는 겨우 눈을 뜨며,

"졸고 있지 않았어요."

하고 말했지요.

워낙 가는 눈이라 선생님이 보기에는 아직도 눈을 감고 있는 것 같았나 봐요.

"그래도 눈을 감고 있지? 눈을 뜨란 말이야!"

선생님의 옥타브는 아까보다 더 높았어요.

교실 안은 공부할 때보다 더 조용해졌어요.

"가는 눈을 어떻게 더 뜨라고 하세요."

나는 딱한 마음으로 대답했지요.

긴장했던 교실 안에는 갑자기 웃음의 코러스가 흘러나왔지 뭐야요.

"웃지 마라!"

교실 안은 다시 숨을 죽이고 다음 장면을 기다리는 긴장으로 변했어요.

"고개가 앞으로 꾸벅꾸벅했었는데, 안 졸았단 말이냐."

"선생님의 해석을 듣고 깨달았기 때문에 고개를 끄덕했던 거예요!"

저편 먼 구석에서는 키킥키킥 웃음을 못 참는 소리가 났어요.

선생님은 모욕이나 당한 듯이 화가 치밀어 얼굴 전체가 딸기

빛으로 변했어요.

"그럼 좋다! 물어볼 테니 대답해 보아라!"

딸기코께서는 여차하면 펀치라도 먹일 태세로 말했어요.

"……내가 해석하던 구절이 어디냐?"

교실 안의 120개의 눈동자들은 나에게로 일제히 쏠리며 내 입에서 무슨 대답이 나오나 지켜보고 있었어요.

1초, 2초, 3초…… 폭발점으로 다가드는 도화선의 불길 같은 침묵이 교실 안을 메우고 있었어요.

공부 못하기로 일등인 데다가 졸고 있었으니 내 입에서 제 대답이 나오리라고는 아무도 생각하지 않았을 거예요.

"모르지?"

딸기코께서는 이렇게 다짐을 놓겠지요.

"알아요."

나는 고개를 쳐들고 가볍게 혀를 굴렸어요.

"When I was in a hurry."

교실 안의 긴장은 삽시간에 풀어지고 학생들은 모두 어머 하는 표정으로 변했어요.

딸기코께서는 아무 말 없이 멍하니 잠시 동안 나를 바라보고 있었어요.

선생님이 해석하고 있던 것은 내가 말한 바로 그 구절이었었 거든요.

"무슨 뜻이냐?"

선생님은 물었어요.

"그때 나는 픽 서둘고 있었다!"

아까 모양 가볍게 대답했지요.

선생님은 또 한 번 멍한 표정이 되었어요. 내가 알아맞힌 것이 선생님의 기대에 어긋났던 가 봐요.

"정말 졸고 있지 않았니?"

칠면조 모양 화도 빨리 내지만, 풀어지는 시간도 빠른 Y 선생님은 얇은 입술에 빙긋이 웃음을 담고 묻겠지요.

"저는 눈을 감고 있어야 선생님 말이 미끄럼을 타듯이 머릿속으로 잘 흘러 들어가요!"

"하여튼 너는 괴짜구나!"

Y 선생님은 딸기코를 씰룩거리며 교단으로 돌아갔어요.

노는 시간에 아이들은 내 이야기 때문에 두 패로 갈리어서 논쟁이 벌어졌어요.

한 패는 진숙이가 가르쳐 주었을 거라고 하고, 다른 패들은 아무도 가르쳐 준 사람이 없는데 신통스럽게도 자신이 대답했다는 거예요.

이러한 그들의 수선을 한쪽 귀로 들으면서 나는 여전히 의자에서 졸고 있었어요.

"선생님이 들어섰을 때부터 졸고 있었는데, 어떻게 선뜻 대답했을까? 신기한 일이다, 얘!"

달숙이의 유난히 큰 목소리가 들렸어요.

'너희들만 신기한 것이 아니고, 생각하면 내 자신도 신기하다.'

나는 졸면서 이런 생각을 했어요.

이것은 내 자신에 대한 하나의 새로운 발견이 틀림없었어요. 남보다 하두 못난 데만 많은지라, 그 대신 하나쯤 남에게 없는 신통한 재간이 숨어 있었던 모양이 아닐까요.

밤마다 만나는 미스터 달님이 나에게 보낸 프레전트였는지도 모르지요.

그 후로 나는 달님에게 한층 더 다정감을 느꼈지 뭐예요.

그리고 얼마 후 '초상집' 시간에 한번 내가 존다고 문제가 되었어요.

'초상집'이라는 것은 생물 선생의 별명이에요. 몸은 레슬링 선수같이 거대하지만 목소리는 가늘고 초상집에서 울다가 나온 사람같이 구성지게 말을 하거든요.

숙제 안 해 오는 학생을 보고는,

"공부해서 남 주나, 공부 열심히 하기 바란다."

슬픈 어조로 이렇게 말하지요.

가끔 생물 얘기와는 관계가 없는 좋은 아내, 좋은 어머니가 되는 이야기를 하는데, 그때도 슬픈 어조로 구성지게 말을 해요. 그래서 생물 선생은 '초상집'이고, 그 시간은 초상집 시간이야요.

그날 내 고개는 유난히 긴 각도로 방아를 찧고 있었대요.

마침 그때도 선생님은 공부 잘하라는 설교를 하고 있었어요.

웬만큼 떠들어도 못 들은 척하는 초상집께서도 내 허리가 너무 흔들리고 있는 것은 보기에 슬펐던가 보아요.

"남궁동자, 너는 어찌하여 귀중한 인생의 공부 시간을 졸며 보내는고?"

선생님은 내 앞에 와서 슬프게 말했어요.

"선생님 얘기는 다 듣고 있으니 걱정 마세요."

나는 눈을 감은 채 대답했어요.

"그럼 내가 조금 전에 무슨 이야기를 했던가 말해 보기 바란다."

생물 선생은 화는 내지 않고 울음이 나올 듯이 말했어요.

"공부해서 남 주나, 공부 열심히 해서 장차 이 나라의 좋은 아내가 되고 현명한 어머니가 되어 이 나라 발전을 밑받침할 것이 여러분의 사명인 것을 잊지 말아 주기 바란다."

나는 눈을 감고 고개는 약간 흔들어 가며 선생님의 말을 글자 한 자 안 틀리고 고대로 외웠어요.

꼭 우는 듯한 선생님의 어조를 고대로 흉내를 내었더니 교실 안은 웃음바다가 되어 버렸어요.

그래도 초상집께서는 화를 내지 않고,

"듣고 있었다면 반갑다."

여전히 슬픈 어조로 말하며 내 옆을 떠나셨어요.

이런 일이 선생님들 간에 소문이 퍼져, 내가 수업 시간에 졸아도 아무도 야단치지 않았어요.

가끔 테스트하느라고 물으면 나는 실수 없이 대답을 해내었지 뭐야요.

브로치 가게에서

    매일 밤늦게까지 공부하는 것을 본 할아버지는,

    "동자야, 네가 이제야 겨우 철이 들었구나. 공부에 재미를 붙였구나. 아무쪼록 꼬락지라도 좋으니 고등학교에 합격만 해라!"

하시며, 기원에서 바둑 두어서 딴 푼돈으로 땅콩도 사다 주고 과일이나 캐러멜도 사다 주시며 나를 격려해 주셨어요.

    그러나 어머니는 그렇지 않았어요.

    "너는 공부할 머리가 못 되니, 공연히 애써 공부할라고 하지 마라. 매일매일 밤잠 못 자면 몸에 해롭다."

    어머니는 내가 아무리 공부를 해도 소용없으리라는 표정이었어요. 그저 소나 돼지나 말같이 먹고 자고 병이나 나지 말기를 바라는가 보아요.

    "걱정 마세요. 잠은 학교에 가서 충분히 자니까!"

    나는 화난 듯이 대답했지요.

"학교 가서 잔다니 그게 무슨 공부니? 남이 보면 웃는다. 아예 고등학교 갈 생각 말고, 내 하는 일이나 좀 거들어 주렴! 그게 너에게 알맞다!"

어머니는 N 시장에서 브로치의 도매상을 하고 있어요.

할아버지가 나가서 일을 거드는데, 할아버지는 백 원짜리 물건을 50원에 파는 일이 있어 어머니는 할아버지를 못 미더워하고 있었어요.

"그까짓 고등학교 안 나오면 어떠니? 장사 잘해서 시집갈 때 한 밑천 장만하는 게 실속 있는 일인 줄 알아라!"

"시집 밑천 일 없어!"

"왜? 너 이댐에 시집 안 갈래?"

"나 데려갈 미스터 어디 있수?"

"그래도 낙망하지 마라. 세상은 넓다. 그 많은 미스터 중에는 그래도 동자 네 얼굴이 좋다고 할 사람이 없지 않아 있을 거다! 내가 시집왔는데 넌들 시집 못 가겠니? 좋은 신랑 만날라면 공부보다 돈이 낫다. 공부 많이 한 여자들 눈만 높아져서 시집들 못 가더구나. 그리고 너 같은 석두(石頭)에 무슨 공부가 들어앉겠느냐. 돈이나 한밑천 만들고 앉아 있으면, 신랑들이 꾀여 드는 법이다!"

"돈 보고 꾀여 들지 나보고 꾀여 드나?"

"그야 그렇다. 그러나 돈이 제일이라는 거다!"

"일 없어."

나는 어머니의 말은 상대하지도 않았어요.

진숙이하고 헤어지기도 싫었고, 또 진숙이하고 약속한 일도
실행하고 싶었어요.

'진숙이의 등록금을 내가 해 주어야 할 텐데.'

이 생각을 하고 나는 학교에서 돌아오는 길에 가게에 들러서
두 시간만 어머니의 일을 거들기로 했어요.

"그 대신 월급 주어야 해. 월급 얼마유?"

"시집 밑천 만들어 준다는데 무슨 소리냐?"

"시집 밑천은 일 없구 월급을 주우. 하루에 백 원씩만 주어요!"

어머니는 요즘 한창 바쁜지라 할 수 없이 승낙을 했어요.

그 이튿날부터 어머니의 가게에 가서 앉아 있는데, 눈을 감
고 또 졸았지요. 졸면서 영어 단어도 외고 수학 문제도 풀어 보
았어요.

"애, 애, 그렇게 졸고 있다가는 손님이 와도 모르고, 도둑이
가게를 들어가도 모르겠다!"

어머니는 소리쳐서 나를 깨워 놓고, 공장에 다녀온다고 하며
가게를 나갔어요.

처음에는 눈을 뜨고 있었는데, 어느덧 눈이 사르르 감기어
꾸벅꾸벅 노를 젓기 시작했어요. 자면서도 노를 젓고 있는 것을
내 자신이 잘 알지요.

얼마쯤 있으니 누가 들어오는 기척이 들렸어요.

"애, 동자야!"

부르는 목소리는 진숙이였어요. 좋아하는 진숙인지라 눈이
번쩍 뜨였어요. 아까 내가 학교에서 진숙이보고 오라고 했거든

요. 맘에 드는 브로치나 몇 개 줄 생각이었어요.

진숙이는 혼자가 아니고 예쁘게 생긴 30 전후의 웬 아주머니
와 같이 왔어요.

"우리 사촌언니야. 강원도에 사시는데, 너의 가게에서 늘 물
건을 도매로 사 가셨대."

진숙이가 이렇게 그 아주머니를 소개하였어요.

"어머니 어디 가셨지?"

사촌언니가 말했어요.

"공장에 좀 가셨어요."

"나 차 시간이 바빠서 곧 떠나야 할 텐데 물건값 알아?"

"장부에 적혀 있으니 알아요."

진숙이의 사촌언니는 스무 개들이 상자를 열 개나 사겠다고 하며 골라냈어요. 장부에 적힌 값은 한 상자에 4백 원씩이니 열 상자면 4천 원이었어요.

"진숙이하고 같이 오셨으니 3천 원만 내세요."

나는 얼마나 이(利)가 남는지 생각지도 않고 천 원을 깎아 주었지요.

"아니 그렇게 싸게 팔아도 괜찮아?"

사촌언니라는 아주머니는 눈을 커다랗게 뜨며 놀라겠지요.

"우리 어머니 오기 전에 얼핏 가지고 가세요."

나는 어머니가 오면 귀찮기에 이렇게 말했지요.

"어머니와 나 사이는 1년내 거래하고 있는데, 그렇게 사 갈 수가 있나."

사촌언니는 매우 망설이겠지요.

그 양심적인 데가 맘에 들기에,

"걱정 마시고 가지고 가세요. 천 원 남는 것은 진숙이에게 무엇을 사 주시면 되지 않아요!"

진숙이는 해진 운동화를 신고 있었고, 남들이 다 사는 참고서도 못 사고 있었어요.

"인제 보니 날 위해서 깎아 주는 게 아니라 친구를 위해서 깎아 준 거군."

사촌언니는 웃겠지요.

"천 원은 진숙이 주세요!"

나는 이렇게 말하고 3천 원만 받고 물건을 정성스럽게 싸서 드렸지요.

진숙이가 간 뒤 30분쯤 있으니까 어머니가 돌아왔는데, 4천 원짜리 물건을 3천 원에 팔았다고 어머니는 굉장히 화가 났어요.

"친한 친구 간에 거저도 주는데 뭘 그러세요?"

나는 도리어 어머니를 나무랐지요.

어머니는 어이가 없다는 듯이 입을 딱 벌리고 있었어요.

"애애, 내일부터 가게에 나오지 마라. 너한테 맡겼다가는 열흘이 못 가서 가게 다 들어먹겠다! 덩치는 말만 하면서 어찌 그리 소견이 없느냐?"

"그럼 나 잘됐어. 집에 가야지!"

가방을 들고 가려고 하였더니,

"가만있거라!"

어머니는 또 어딜 다녀올 데가 있다면서 나갔어요.

어머니가 나간 사이에 한 중년 남자가 물건을 사러 들어왔어요.

새로 나온 브로치를 보자고 하길래 남은 종류를 내놓았더니 잔뜩 상을 찡그리며 모두 시시하다고 핀잔을 주더군요. 그 모양이 내 비위에 거슬렸지 뭐야요.

안 사고 갈 줄 알았더니 다섯 상자를 사겠다고 하면서 얼마

냐고 묻겠지요.

　장부를 보니 한 상자에 3백 원씩인데 미워서 4백 원씩으로 불렀지요.

　"4백 원? 비싸다. 이까짓 것을 4백 원에 갖다가 나는 무슨 이를 남겨 먹는단 말이야, 2백 50원 해라."

　"안 돼요."

　나는 딱 잘라 거절했어요.

　"그럼 3백 원?"

　3백 원이면 제값이지만 안 된다고 고개를 저었지요.

　"그럼 3백 50원? ……그것도 안 되니?"

　"안 돼요."

　"그만둬라!"

하면서 중년 남자는 가게를 나가 버렸어요.

　저만큼 가더니 다시 돌아와서,

　"그 색시 참 지독하군. 쇠꼬치만치나 단단하군!"

하면서 다섯 갑의 돈을 치르고 물건을 가지고 갔어요.

　얼마 후에 어머니가 돌아왔을 때, 그 얘기를 하고 칭찬이나 받을 줄 알고 기대를 했더니 어머니는 조금도 좋아 안 하겠지요.

　"비싸게 팔면 당장은 이익이지만, 그 대신 비싸다고 나중에 안 사러 오는 거야. 그러니까 장부에 적힌 대로 팔아야 하는 거다."

　이래저래 어머니는 못마땅한 표정이었어요.

　"나 집에 가야지!"

또 가방을 들고 일어설 참에 웬 아주머니가 만 원 뭉치 열 개를 신문지에 싸 들고 들어왔어요.

어머니는 그 돈을 기다리고 있었던 양, 눈썹털까지 웃으며 반가워했어요. 새로 또 물건을 만들기 위해서 빚을 얻은 돈이었어요. 이때 건너 가게 모퉁이에 깡패같이 생긴 점퍼 입은 녀석 하나가 우리 가게를 보고 있었어요. 처음에는 무심히 보았는데, 고 새끼의 눈깔이 아무래도 이상했어요. 어머니는 재료 도매상에 가서 재료를 사 들여야 한다면서 그 돈을 보자기에 싸 들고 밖으로 나갔어요. 점퍼 입은 새끼의 눈깔이 저편을 향하여 신호 같은 것을 보내더니 어머니가 간 곳으로 따라가겠지요. 아무래도 맘이 안 놓이지 뭐야요.

양품 도매를 하는 옆집 주인한테 가게를 보아 달라고 부탁을 하고 점퍼의 뒤를 따라나섰지요. 가만히 보니 어머니 뒤로 신사복 입은 사나이 둘이 바싹 따르고 있었어요. 빨리도 안 가고, 천천히도 안 가고 어머니 뒤만 따르는 걸 보니 셋이 한패 같았어요. 그러자 신사복 입은 한 놈이 어머니를 앞질러 가더니 저만큼에서 어머니 앞으로 오기 시작했어요. 그러더니 어머니에게 일부러 콱 부딪쳤어요. 그 틈에 뒤따르던 점퍼 새끼가 날쌔게 돈 보따리를 채 가지고 골목길로 내뺐어요.

나는 단 일 초의 때도 유예하지 않고 그 뒤를 따랐어요. 비탈길로 식식거리고 올라가는 그자의 덜미를 붙들어 유도로 메다꽂고 돈 보따리를 빼들었지요. 상대가 여학생인 것을 보자 점퍼는 얕보고 덤비겠지요.

"에라, 이 새끼야."

하면서 또 한 번 둘러 메다꽂았더니 하수도 진구덩이에 철썩 하고 틀어박혔지 뭐야요.

보도에 나오니 어머니는 미친 듯이,

"도둑이야, 날치기야……."

하며 얼굴이 노래서 허둥거리고 있었어요.

"어머니, 내가 찾아왔으니 걱정 마우."

하며 나는 돈 보따리를 어머니 가슴에 안겨 주었어요.

담배 장사

    돈 십만 원이 하마터면 연기같이 사라질 뻔했던 직전에 내가 날치기의 손에서 빼앗아 왔으니, 어머니의 기쁨은 이루 말할 수 없었어요.

    상점에 돌아오자, 연방 내 어깨를 쓰다듬으며,

    "아이고, 우리 동자 아니었으면 어찌할 뻔했지! 아들보다 낫지! 어떤 사람은 말 같은 아들하고 같이 가다가도 날치기를 당하고 돈을 못 찾았다는데, 우리 동자는 눈치도 빠르고 재주도 좋지. 어떻게 그렇게 알고 내 뒤를 따라왔지? 그 못된 날치기 놈을 잡아 메다꽂고 돈을 빼앗았으니 기운이 장사지. 남의 아들 열 형제 부럽지 않다. 그저 우리 동자가 제일이야!"

    "아이 어머니, 옷 더러워져. 자꾸 문대지 마아!"

    나는 어머니의 손을 뿌리쳤어요. 어머니는 아까 날치기당할 때 진땅에 넘어져서 손에 흙이 묻어 있었어요.

흙 묻은 손으로 남의 어깨를 자꾸 문대니 좋을 게 뭐예요.

"아이고 아이고, 내 정신 좀 봐……."

어머니는 손을 닦고 그만 했으면 좋을 텐데, 이번에는 기쁜 마음에 또 내 얼굴을 큰 보물이나 보듯이 바라보며,

"동자야, 네가 어쩌면 그렇게 어머니를 도와주니?"

대견해서 볼에다 손바닥을 대고 비비대지 뭐예요.

가만히 보니, 아직도 어머니 손에는 흙이 남아 있었어요.

"아이 가뜩이나 못난 얼굴에다 흙칠을 하네."

나는 어머니를 피해 1미터쯤 후퇴를 했어요.

"동자야, 오늘은 네 얼굴이 미스 코리아보다도 예쁘게 보인다!"

어머니는 침 발린 소리가 아니라, 진정 그렇게 생각하는 표정이었어요.

그러나 나는 조금도 좋지 않았어요.

"어떤 미스터가 그렇게 보아야지 어머니가 그렇게 보는 거 무슨 소용이 있어!"

"내가 미스터라면, 너한테 두말 않고 프로포즈하겠다."

어머니는 아직도 눈시울에 웃음을 담고 말하고 있었어요.

노상 내 얼굴만 보면 장마철 하늘 모양 구름이 끼어 있던 그 얼굴이 이렇게 밝아지기는 처음이었어요.

"어머니 같은 남자가 프로포즈한다면 별로 반가울 것도 없어."

"왜?"

어머니는 가는 눈을 크게 뜨고 나를 보았어요.

"어머니 얼굴은 뭐 잘생겼수. 내가 그래도 조금 나은걸."

"핫핫핫! 그래그래 네가 낫다."

여느 때 같으면 반대할 텐데 오늘은 두말 않고 긍정하였어요. 그리고 재료 도매상에 가시겠다는 어머니의 팔을 나는 붙들었어요.

"가만히 계세요."

"왜?"

"슬그머니 내빼려고 하셔."

"볼일 보고 올게."

"칭찬만 하고 그만이야요?"

"그럼 한번 껴안아 줄까?"

"아하, 일 없어요."

덤벼드는 어머니의 두 팔을 피해 나는 또 물러섰어요.

"그럼 뭘 요구하는 거니?"

"물질적으로 보답을 하세요. 떨어진 돈을 주워 주어도 1할은 사례금으로 주어야 한다는 거 아시죠."

"그래, 좋다. 얼마 줄까? 백 원 줄게."

"백분의 일은 내놓으세요."

"……그럼 천 원이나?"

"십만 원 날아갈 뻔한 거 생각해 보시면 그것도 싸지 뭘 그래요?"

"천 원이나? 뭐 할래니?"

"뭐 하든지 주세요."

"가만있거라. 내 갔다 와서!"

"아냐, 지금……."

나는 어머니의 팔을 또 붙들었어요. 어머니의 가만있거라는 믿을 수가 없거든요.

딴 때 같으면 짜증을 내실 어머닌데, 오늘은 하는 수 없는지 천 원을 내놓고 나갔어요.

'자아, 이젠 4천 원만 더 모으면 된다.'

나는 진숙이에게 5천 원을 해서 주리라고 계획을 세우고 있었어요.

매일 가게 보는 값으로 백 원씩을 받으니 40일만 모으면 되는 거예요.

그런데 그 후 어머니는 노트며 연필 살 잔돈푼은 주지 않고 하루 백 원 받는 걸로 쓰라고 하셨어요.

내 계획은 뒤틀리고 말았어요.

그래서 하루는 가게에서 꾸벅꾸벅 졸면서 연구한 결과 담배 장사를 하기로 했어요.

이 담배 장사는 전매청의 허가도 필요하지 않고, 밑천이 단 돈 일 원도 안 드는 묘한 장사예요.

우리 집은 어머니도 할아버지도 똑같이 아리랑을 태우거든요. 어머니에게 담배를 배우게 한 것은 할아버지예요.

어머니는 충치를 가끔 앓는데, 진통제를 사다 먹어도 좀처럼 낫지가 않았어요.

할아버지는 보기가 딱해서,

"담배를 피워 보지."

하루는 이렇게 말했어요.

그 후 이가 아프면 어머니는 담배를 피웠는데, 어느덧 그게 습관이 되어 이가 안 아파도 태우게 되었지 뭐예요.

한번은 어머니가 안방에서 담배를 맛있게 태우고 있을 때 할아버지가 방 문을 쑥 열었어요.

"이가 또 쑤시는가?"

할아버지는 물었어요.

"네, 몹시 아파요."

어머니는 금방 아무렇지도 않던 볼따귀를 움켜잡고 아픈 시늉을 했어요.

"약으로 피는 거니, 어서 피지."

할아버지는 고개를 끄덕끄덕하며 나갔어요.

그날 나는 어머니한테 용돈을 좀 달라고 하였더니 안 주길래 사랑방에 가서 할아버지한테 고해 바쳤지요.

"이도 안 아픈데 어머니는 담배를 태우는 거예요."

깜짝 놀라며 혀를 찰 줄 알았던 할아버지가 뜻밖에도 빙긋이 웃으며,

"그럴 리가 있느냐, 이가 아프니깐 피우는 거지."

하고 어머니를 두둔하겠지요.

"할아버지가 들어오시니깐, 이 아픈 척한 거예요. 고것도 모르세요?"

눈이 땡그래질 줄 알았던 할아버지는 그래도 여전히 싱긋이 웃으며,

"나도 안다. 담배 피울 때는 아픈 걸로 해 두는 거다."

이러한 분위기에서, 우리 집에서는 우리 어머니, 즉 며느리와 우리 할아버지, 즉 시아버지가 함께 정답게 담배를 즐기는 거예요.

내가 시작한 담배 장사는 어떻게 하는고 하니, 이 두 사람이 손님이고 파는 담배도 이 두 사람 거예요.

하루에 어머니한테서 담배 두 개비를 빼내고, 할아버지한테서는 세 개비를 빼내거든요. 그러면 하루에 다섯 개비가 생기고, 나흘이면 스무 개비가 되어요.

그때는 미리 준비해 두었던 아리랑 갑에 잘 넣어서 풀로 겉을 봉하거든요.

할아버지나 어머니가 담배 사 오라고 하면 담배 사러 가는 척하고 밖으로 나갔다가 그 담배를 갖다 드리고 담배값 45원은 내 것이 되는 거예요. 풀로 붙인 자리가 표 날 것이 아니냐고 걱정하실지 모르나, 그건 조금도 걱정 없어요.

담배를 갖다 드릴 적에,

"뜯어 드려야지."

하고 내가 미리 붙인 자리를 뜯어서 드리거든요.

할아버지나 어머니는 고맙게 생각하면 했지, 조금도 의심하지 않아요. 그 돈으로 용돈을 쓰고 하루에 백 원씩 들어오는 것은 꼭 모아 갔어요.

생각하면 좀 야비한 노릇이지만, 어머니가 용돈을 안 주니 별수 있어요?

얼굴이나 진숙이만큼 예뻤으면 얼굴값으로도 그런 짓은 안 하겠는데, 나 같은 얼굴에 그런 짓 좀 했다고 더 못나질 것도 없지 뭐예요.

그래도 어쩐지 마음이 좀 꺼림칙해서 하루는 일요일 아침, 진숙이가 성당 가는 길에 우리 집에 들렀기에 성당에 따라가서 천주님께 용서해 달라고 빌었지요.

그런데 성당 안에는 공중전화 박스 같은 것이 구석에 있고, 사람들이 들어갔다가 한참 있다가 나오고 하길래 뭐 하는 거냐고 물어보았더니 '고해성사' 보는 데래요.

고해성사가 뭔지 또 물었더니 진숙이 대답이,

"잘못을 참회하는 곳이야."

'그러면 그 박스 속에 들어가서 빌어야겠군!'

나는 이렇게 생각하고 그쪽으로 가서 내 차례를 기다렸다가 안으로 들어갔지요.

얼굴이 안 보이게 칸을 친 저편에 신부님이 앉아 있는 옷자락이 보였어요.

나보고 고해를 하라고 하길래 담배 장사 얘기를 하고는 나왔어요.

진숙이한테 그 얘기를 했더니,

"얘, 너 영세도 안 받고 고해하는 거 아니야."

하고 깜짝 놀라지 않아요.

가만히 앉아 있자니 또 맘이 꺼림칙해서, 다시 그 박스로 가서 영세 안 받았다고 말하고 얼른 나왔지요.

돌대가리도 닦아라

하루 이틀 흐르는 동안 내 저금은 불어 갔어요.

그런데 나는 또 하나 다른 저금에도 바빴어요. 머릿속에 하는 공부 저금 말이에요.

시간이 돈이고 공부도 돈이니 학과를 머릿속에 집어넣는 것도 하나의 저금이에요.

그런데 머릿속 저금은 잘 안 되더군요.

어제 저금한 게 오늘 보면 없어졌을 때가 많아요. 그 저금 없이는 고교 입시의 난관을 넘을 수 없으니, 졸리는 걸 참고 밤새도록 저금하기에 바쁜 나날이었어요.

그런데 머리 저금 하다가 나는 하나 발견한 것이 있어요. 전에는 열 번 읽어서 겨우 머릿속에 들어가던 것이 차차 몇 번 안 읽어서 쑥쑥 들어가게 되겠지요. 석두(石頭)도 자꾸 닦았더니 미끈해진 것 같아요.

　내 기분에도 맷돌 바닥만큼이나 길이 든 듯했어요. 금강석도 닦아야 빛이 난다지만 닦을 건 돌대가리라고 생각해요.

　나는 요즘 고요한 밤중이면 미스터 달님을 바라보며 여러 가지 연구심이 머릿속을 오락가락하는데, 또 한 가지 생각해 낸 것은 못난 얼굴도 미인이 될 수 있지 않나 하는 희망이에요. 돌대가리도 닦으면 미끈해졌으니, 꺼칠하고 검은 피부도 열심히 닦으면 백옥같이 윤이 나리라고 믿었어요.

　우선 시험 삼아 매일 아침 세수를 10분이나 걸리도록 오래 했어요. 그러고서는 콜드크림으로 5분가량 문지르는 거예요.

　한 열흘 그렇게 해보았더니, 조금 얼굴에 윤이 나는 듯했어요. 그러나 시커먼 피부는 고대로 있었어요.

　하루는 학교에서 돌아오는 길에 보니 양은 그릇 닦는 표백 가루약을 길에서 팔고 있었어요.

두어 번 쓱싹 문지르니까, 양은의 때가 벗어지고 은빛으로
반짝거렸어요. 10원 주고 한 봉지 사다가 콜드크림에 섞어서
발랐지요. 그러고서는 헝겊으로 열심히 문질렀어요.

며칠 그렇게 계속하니 조금 피부가 희어진 것 같았어요.

그 후로도 계속해서 매일 아침저녁으로 밀었는데, 하루는 새
벽녘에 잠을 좀 자고 일어나니 얼굴이 화끈거리고 쑤시겠지요.

거울을 보니, 얼굴이 하얘지기는 했는데 온 얼굴에 생버짐이
생긴 것같이 허물이 꼈지 뭐예요.

석두는 닦으면 윤이 나지만, 까만 얼굴은 별수 없나 봐요.

결국 얼굴 꼴은 더 사납고 지저분스럽게만 되고 말았어요.

그러던 중 어언 한 달이 되어 저금은 예정한 대로 4천 원이 되었어요.

어머니한테 들킬까 봐 몰래 학교 근처의 은행에다 예금을 하고 통장은 국어책 사이에 감추어 두었지요.

이 무렵에 학교에서는 고교 입시 모의시험을 보았는데, 그 성적 결과는 진숙이가 일등이고, 맨 꼴찌에 자리잡아야 할 내가 열두째로 껑충 뛰어 올라갔어요.

진숙이는 반갑다고 하며 두 손으로 내 손을 잡고 좋아라고 했어요.

그러나 나는 좋은 것도 몰랐어요. 잠이 모자라서 자꾸 눈만 감기기에 의자에 앉아서 꾸벅꾸벅 졸았어요.

클래스의 친구들은 우우 하고 내 둘레에 모여들었어요.

"동자 저 애는 이상도 하지. 저렇게 노상 졸고만 있으면서 어떻게 성적이 좋을까!"

"그러게 말이야, 재수가 좋았나?"

주고받는 말들이 내 귀에 들렸어요.

조금 있으니까, 복도를 지나가던 딸기코까지 교실 안에 들어와서 졸고 있는 나를 들여다보며,

"괴짜야, 영어 시간에 노상 저렇게 꾸벅거리고 있었는데 90점이거든. 영어 성적은 반에선 둘쨋가 세쨋가 그래."

눈을 가느다랗게 떠 보니, 딸기코에 조금 식욕을 느꼈어요. 점심 시간에 조느라구 밥도 안 먹고 도시락은 그대로 가방 속에 있었어요.

"하여튼 괴짜야!"

딸기코는 코를 씰룩거리며 웃고 있었어요. 아이들은 모두 빙글빙글 웃었어요.

마치 동물원의 원숭이나 구경하는 표정들이었어요.

원숭이로 보든 말든 나는 깨소금만큼이나 고소한 수면에 몸을 맡기고 있었어요. 그러면서 생각할 것은 다 생각하고 있었어요.

"아까 진숙이의 얼굴이 왜 그렇게 노랬을까? 핏기가 없고, 앓는 사람 같았어!"

문득 생각하니, 점심 시간에 진숙이가 도시락을 꺼내지 않고 그대로 밖으로 나간 일이 생각났어요.

나는 벌떡 일어나서 진숙이 자리를 보았어요. 진숙이 자리는 비어 있었어요.

"애들아, 진숙이 어디 갔는지 모르니?"

아이들은 자다가 벌떡 일어난 나를 이상히 여겼어요.

"변소에 갔나 봐."

달숙이가 일러 주었어요.

아직 눈은 덜 떨어진 채 복도로 나가서 변소 있는 쪽으로 뛰어갔더니, 진숙이가 변소로 가는 중간 복도 난간에 몸을 엎드리고 있었어요.

"왜 그래, 진숙아."

"아무것도 아니야."

진숙이는 샛노란 얼굴을 들며 가냘프게 웃었어요.

"너 점심 먹었니?"

56

"……."

아무 말 않는 것을 보니 점심을 굶은 것이 분명했어요.

"내 도시락 가서 먹어!"

이때, 연희가 옆으로 지나다가 우리의 얘기를 들었어요.

연희를 본 진숙이는,

"나 점심 먹었어. 어젯밤 늦게까지 공부했더니, 현기증이 나서 그래."

"그럼 의무실에 가서 좀 누워 있으렴."

연희는 이렇게 한마디 하고 가 버렸어요.

"어젯밤 새우고 공부한 데다가, 오늘 점심도 굶었으니 얼굴이 노랗구나."

나는 나직이 진숙이의 귀에 대고 말했더니, 진숙이는 사방을 돌아보며 조심스럽게 고개를 끄덕했어요.

"정말은 아침도 안 먹었어."

"왜?"

"속이 상해서!"

그만하면 나는 진숙이의 사정을 알 수 있었어요.

집의 경제 사정은 쪼들리고, 사고 싶은 것은 많고, 이런 데서 진숙이는 맘을 괴롭히고 있는 것이었어요.

"진숙아, 약속대로 고등학교 등록금은 내가 델 테니 염려 마라."

슬픔의 구슬 방울이 반짝거리는 진숙이의 눈동자 속에 샛별 같은 광채가 돌았어요. 진숙이는 내 말에 용기를 얻은 것 같았어요.

나는 진숙이를 교실로 데리고 들어와서, 아이들의 눈을 피해 내 도시락을 진숙이 가방 속에 넣어 주었어요.

그러나 진숙이는 그 다음 노는 시간에 도시락을 먹을 생각을 안 했어요.

"왜 안 먹니?"

나는 그의 옆에 가서 가만히 물었어요.

"연희가 보았어."

"보면 어떠냐."

"싫어."

진숙이는 자존심이 강해서 그런 일이 남한테 알려지는 것을 싫어했어요.

특히 어딘지 거만하고 남을 깔보기 잘하며 남의 흉잡기를 좋아하는 연희인지라, 진숙이는 배가 오징어같이 될망정 참는 거예요.

결국, 진숙이는 기껏 내가 준 도시락을 못 먹고 하학 _{학교에서} _{그날의 공부를 마침} 이 되고 말았어요. 게다가 진숙이는 그날따라 연희와 함께 청소 당번이었어요. 나는 당번도 아니지만 생각이 있어서 진숙이를 기다리고 있었지요.

진숙이는 책상을 나르는 데 기운이 없어 비틀거렸어요. 나는 진숙이를 앉아 있으라고 하고 내가 대신 책상을 날랐어요.

겨우 청소가 끝나고 교문을 나서자 나는 진숙이를 데리고 불고기를 파는 대중 음식점으로 들어갔어요.

"선생님한테 들키면 어떡허니?"

"그런 것은 나중에 걱정해. 무엇보다도 당장 걱정은 배고픈 거 아니니."

엉거주춤하는 진숙이를 데리고 남의 눈에 안 뜨이도록 구석진 방으로 들어가서 자리를 잡았어요.

우리 옆자리에는 부모뻘 되는 부부가 둘이서 다정스럽게 불고기를 굽고 있었어요.

우리도 불고기를 시켰는데, 아직 가지고 오지는 않고 옆 사람 먹는 것을 보니 침만 자꾸 넘어가서 앞에 놓인 찻물만 마시었어요.

이때 진숙이가,

"아유, 큰일났다."

하며 고개를 숙였어요. 보니, 딸기코와 초상집과 훈육 선생 곰탕이 기웃거리며 우리 있는 방으로 들어오려고 하였어요.

훈육 주임은 왜 곰탕인고 하니, 외국에도 가 보았지만 우리나라 곰탕만큼 맛있는 국은 없다고 하였어요. 그래서 곰탕 하면 훈육 선생이에요.

그런데 곰탕같이 구수한 맛은 없고 말 한마디가 고춧가루 같이 매워요. 아이들의 조그마한 규율 위반도 용서가 없어요. 어느 놈이 위반했나? 그걸 찾느라고 그 눈동자는 언제나 바쁘지요.

"제발 이 방에 들어오지 맙시오."

진숙이는 두 손을 모으고 마리아께 빌고 있었어요.

그러나 무정한 곰탕은 딸기코와 초상집이 바깥 홀에서 먹자

는 걸,

"아냐, 방에 들어갑시다."

하며 앞장서서 우리 있는 방으로 들어섰어요.

"아이 어떡하니?"

진숙이는 소심하고 품행이 방정하기를 좋아하는지라, 얼굴
이 더 노래져서 어쩔 줄을 몰랐어요.

"이리 와."

나는 진숙이의 팔을 끌어 옆에 앉은 부부 옆으로 자리를 옮
겼어요.

학생들끼리 음식점에 들어가는 것은 금해 있지만, 학부형을
따라온 것은 규율 위반이 아니거든요.

"저기 우리 학교 훈육 선생이 왔으니깐, 임시 저희들의 아버
지 어머니가 좀 되어 주세요."

나는 이렇게 부탁을 했어요.

중년 부부는 힐끗 저편 선생들 쪽을 보더니, 빙긋이 웃으며
좋다고 승낙을 했어요.

이때, 선생들은 우리를 발견했어요. 나는 인사를 하고는 벌
떡 일어나서 선생님들이 듣게 크게 말했어요.

"선생님, 저의 아버지야요. 많이들 잡수세요."

가짜 아버지

딸기코께서는 우리 있는 좌석으로 인사하러 왔어요.

"남궁동자의 아버지십니까, 저는 담임인 이삼달입니다."

낯선 손님은 겸연쩍게 웃기만 하고 대답이 없는지라 잘못하다 탄로가 날 것 같기에,

"네에 우리 아버지야요. 아버지, 담임 선생님이야요."

나는 다정스럽게 낯선 신사의 무릎을 짚으며 말했어요. 그러나 속으로는 조금 떨리었어요.

"아, 그렇습니까."

다행히도 낯선 신사는 이렇게 한마디 해 주었어요. 속이 후련했어요.

"이쪽은 어머니신가."

교단에서는 좀처럼 보인 일이 없는 애교 있는 표정을 지으며 딸기코께서는 신사의 부인을 가리키며 나를 보았어요.

"네에, 저의 어머니야요."

나는 또 자신만만하게 대답했어요.

"요즘, 동자의 성적이 비약적으로 올랐습니다."

딸기코께서는 낯선 부인을 어머닌 줄 알고, 다정스럽게 말을 이었어요.

"……동자가 수업 시간에 꾸벅꾸벅 졸기에 처음에는 야단도 치고 걱정을 했었는데 알고 보니 밤늦게까지 공부를 하는 모양이지요? 그리고 신통한 것은 졸고 있으면서도 다 듣고 있는 모양이야요. 물으면 척척 대답을 합니다그려. 직원실에서 대단한 화젯거리가 되었습니다."

핑크색 조그마한 코에 주름을 잡고 담임 선생은 웃었어요.

부인은 손으로 입을 가리며, 쑥스러운 기분을 참느라고 고개를 숙이었어요.

"……하여튼 남궁동자는 괴짜입니다."

딸기코께서는 낯선 부인이 손으로 입을 가린 것이 자기 말에 같이 웃는 줄 알고,

"……헛헛헛……."

하며 크게 웃었어요.

그 모양이 우스운지, 뚱뚱한 체구를 흔들락거리며 낯선 신사도 너털너털 웃었어요.

그러나 나는 웃을 수가 없었어요.

옆에 웅크리고 앉은 진숙이를 보니 입술이 노래서 겁을 집어먹고 있어요.

"한잔 하시죠?"

뚱보 신사는 정종 유리잔을 담임 선생에게 내밀었어요.

"전 술을 못합니다."

"약주 많이 하실 것 같은데?"

신사는 담임의 얼굴 복판의 물건을 바라보며 말했어요.

"제 코를 보고는 술을 잘 먹는 줄로 아는 사람이 많습니다만,
사실은 한 방울도 못합니다."

딸기코께서는 얼굴 복판의 물건을 쓰다듬으며 미안한 듯이
말했어요.

그 모양이 어딘지 순진해 보이기도 했어요.

"1학기 성적을 보았을 적에는 남궁동자가 고교에 들어가기
는 매우 어려울 것같이 생각되었는데, 요즘 성적으로는 넉넉히
들어갈 것 같습니다."

"아, 그러세요. 고맙습니다."

뚱보 신사는 술기가 오른 벌건 얼굴로 맞장구를 치며, 나를
힐끗 보고는 눈을 껌벅거렸어요.

나는 무사히 넘어가는 줄 알고 기분이 좋았는데,

"동자 아버지, 저에게 명함 한 장 주십시오. 혹시 전화로 급
히 연락 드릴 일이 있을지도 모르니깐요."

딸기코께서 이렇게 말을 하자, 뚱보 신사는 명함이 없다고
하면 좋을 걸, 명함을 꺼내지 않겠어요?

야단났지 뭐야요.

명함을 받아 쥔 딸기코의 얼굴은 금방 변했어요. 우리 아버

지라면 성이 남궁이라야 할 텐데, 힐끗 넘겨다보았더니 김 아무개지 뭐야요.

그제야 뚱보 신사도 알아채고,

"핫핫…… 성이 날라 이상하게 여기시는 모양이시군요. 핫핫핫."

신사가 웃자 부인도 입을 가리고 엎드려서 웃었지 뭐야요.

이제는 모든 것이 폭로되는 판이었어요. 나는 괜찮지만 품행이 방정한 진숙이가 걸릴 생각을 하니 안됐기에, 나는 또 자연스럽게 말했어요.

"선생님, 정말은 저의 외삼촌이야요. 이쪽은 숙모님이구요. 저한테는 아버지가 안 계시기 때문에 외삼촌을 아버지같이 생각하고 있는 거야요. 그리고 딱장대 부드러운 맛이 없고 딱딱한 사람 인 저의 친어머니보다는 순한 외숙모님이 어머니 같은 기분이 들어요."

이렇게 말하면서 낯선 뚱보 신사의 상어 같은 무릎을 쿡 찔렀어요.

"……사실은 내 조칸데……."

뚱보 신사는 얼큰한 김에 내 장단을 곧잘 받아 주셨어요.

"……아버지 아버지 하고 부르지요. 마침 우리가 여기서 불고기를 먹고 있자니, 바깥을 지나길래 불러들였지요."

이때 마침, 풍로와 불고기 쟁반과 밥주발과 반찬들이 날라져 왔어요. 그리고 저편 선생님들 자리에도 시킨 음식이 왔어요.

딸기코께선 내 얼굴과 외삼촌이라고 한 낯선 중년 부부와 얼굴을 비교해 보며 수상히 여기는 표정이었어요.

신사는 뚱뚱하지만 애교 있는 얼굴이고, 부인은 살결이 곱고 꽤 미인이었어요. 어디로 보나 내가 그 사람들을 닮은 데가 없었어요.

"그럼 실례했습니다."

딸기코께서는 직계 보호자가 아닌지라 겸연쩍은 듯이 일어났어요.

"선생님 같이 좀 자시고 가세요."

나는 능청맞게 말하며 속으로는 어서 가기를 바랐지요.

딸기코께서는 교실에 들어설 때와 같은 약간 굳은 표정으로 대답도 없이 자기네 자리로 가 버렸어요.

"이젠 안심해, 무사히 넘어갔다."

나는 불고기를 젓가락으로 집어 구우면서 진숙이에게 가만히 속삭였어요.

"아직도 안심은 안 돼. 자꾸 이쪽을 본다."

진숙이는 배가 고픈지라 밥하고 김치하고 우선 먹으면서 말했어요.

힐끗 선생님 쪽을 보았더니 딸기코와 곰탕, 두 선생이 우리를 의심하는 눈으로 보고 있었어요.

특히 곰탕의 눈은,

"요놈들, 누굴 속이려고 하느냐?"

하는 듯이 보였어요. 초상집만은 시장하신지, 진숙이 모양 먹기에 바빴어요.

"빨리 먹고 달아나자!"

66

진숙이는 다 익지도 않은 고기를 집어 먹으며, 맘이 더 급했어요.

나도 맘이 급하지 않은 것은 아니지만, 가짜 외삼촌에게 구운 고기를 권하기도 하고, 이따금씩 큰 소리로 선생님 쪽에 들리도록,

"숙모님, 고기 더 잡수세요."

하고 소리를 지르기도 했어요.

우리의 가짜 외삼촌 내외분은 이미 식사가 끝나고 가실 판인데, 우리 때문에 일부러 지체를 하고 앉아 있었어요.

"괜찮아, 걱정 말고 천천히들 먹어."

뚱보 신사는 싱긋 웃으며 말했어요. 그러나 기다리게 하는 것도 미안해서 우리는 초스피드로 먹었어요.

너무 급히 먹었더니, 음식 맛도 모르겠고, 배는 불렀지만 불고기를 먹었는지 마셨는지 목 안이 틱틱했어요.

나갈 적에 가짜 외삼촌은 딸기코에게 그럴듯하게 인사를 하였어요.

카운터에 가서 돈을 각각 치르고 있을 때, 초상집과 딸기코가 이쪽을 엿보고 있었어요.

"얘, 돈 각각 내는 거 보았어."

진숙이는 걱정을 하였어요.

"어때, 이젠 내빼면 그만이지 뭐."

우리는 불고기집을 나왔어요.

이윽고 가짜 외삼촌 내외도 나왔는데, 우리는 고맙다는 인사

를 했어요.

"이름이 뭐지?"

뚱보 신사는 껄껄 웃으며 물었어요.

"남궁동자예요."

"이름이 넉 잔가?"

"네에."

"이름도 길고 키도 남달리 롱이군."

뚱보 씨는 내 얼굴을 말끄러미 보며 웃더니,

"여보……."

하고 자기 부인을 돌아보았어요.

"……이것도 인연인데, 우리 수양딸 삼을까?"

"재미있는 학생이야."

부인도 이렇게 말하면서 은근히 내 얼굴 모양을 조사해 보는 눈초리였어요.

'나 수양딸로 삼아 주세요. 아버지라고 부를 사람이 그리워요.'

이렇게 속으로는 생각했지만 말문을 열고 말이 밖으로 나오지는 않았어요.

나는 진숙이의 일이라면 부끄럼도 없고 용기도 나지만, 나 자신의 일에 대해서는 이래봬두 매우 수줍은 편이어서 그저 처분만 바라고 가만히 있었어요.

"수양딸 되기 싫은가?"

뚱보 씨께서 묻겠지요.

'제가 희망하는 바예요.'

이렇게 속으로 생각하는데, 그 말이 또 입 문턱에 막혀서 나오지를 못했지 뭐야요. 다만 못난 얼굴이라도 조금 이쁘게 보이려고 고개를 다소곳이 숙였어요.

"어머니가 계시는데 수양딸 삼을 수 있어요?"

이렇게 말하는 부인의 눈치는 내 얼굴이 못나서 맘에 안 드는 모양이었어요. 내 짐작은 틀림이 없었어요.

부인이 뚱보 아저씨와 나란히 저편으로 가면서, 소그락거리는 말이 내 귀에까지 들렸었어요.

"얼굴이나 좀 예뻤으면 좋겠는데, 너무 못났어요."

'내가 바란 것이 잘못이지.'

나는 단념을 하고 두 분에게 인사를 보내고 헤어졌어요.

수양아버지, 수양오빠

우리가 탈 버스 정류장은 거기서 몇 발자국 안 가서인데, 버스를 기다리고 있자니 뚱보 씨 내외분이 택시를 잡느라고 애를 쓰고 있었어요.

신세진 생각을 하니, 택시를 잡아 주고 싶은 생각이 들었어요.

"애, 진숙아, 빈 택시 오면 잡아라! 저분들 타고 가게."

"저기 빈 택시 하나 오지만, 여기서는 안 선다."

코로나 빈 택시 한 대가 횡단보도 앞에서 스톱을 하고 서 있었어요. 거기는 복잡한 데라 교통순경이 횡단보도 복판에 서서 교통을 정리하고 있었어요.

"좋은 수가 있어. 임시로 급성 맹장염 환자가 돼라."

나는 이렇게 진숙이에게 이르고서 곧바로 교통순경한테 뛰어갔어요.

"순경 아저씨, 내 친구가 급성 맹장염인데, 택시 좀 붙들어

주세요. 수술이 늦으면 죽어요."

"어디?"

순경은 내가 손짓하는 데를 바라보았어요.

진숙이는 수줍고 새침데기, 얌전데기지만 연극 배우 노릇은
곧잘 해요. 오만상을 찡그리며 배를 움켜잡고 보도 위에 엎드리
고 있었어요.

교통순경은 복잡한 도로 복판에서 빈 택시를 멈추게 하고 환자를 태우라고 했어요.

나는 진숙이를 부축하여 태웠어요.

그러고서는 조금 달리다가 뚱보 씨가 선 데에 차를 멈추라 했어요.

"아버지, 어머니, 빨리 타세요."

뚱보 씨 내외는 웬 떡이냐 하는 표정으로 좋아하며 차에 올라탔어요.

뚱보 씨는 운전대, 아주머니는 뒷좌석에 우리와 함께 앉았어요.

차는 이내 움직여서 달렸어요.

"아니, 길 복판에서 어떻게 택시를 붙들었지?"

부인은 우리가 택시를 붙드는 걸 보았던가 봐요.

"얘가 급성 맹장염이에요."

"아이고, 그거 큰일났구먼!"

가만히 있던 진숙이는 또 아픈 듯한 표정을 했어요. 운전사가 운전대의 거울을 통해서 이쪽을 보고 있었으니깐요.

"어느 병원으로 가나요?"

운전사 아저씨가 물었어요.

"아주머니 어디까지 가세요?"

나는 조그맣게 물었어요.

"우린 돈암동."

나는 운전사에게 돈암동으로 가자고 크게 말했어요. 차가 종로 3가에서 단성사 옆으로 꼬부라질 때까지 진숙이는 배 아픈 시늉을 계속했어요.

"가까운 외과 병원으로 가지 왜 돈암동까지 가?"

뚱보 씨가 운전대에서 걱정을 하였어요.

"인제 낫나 봐요! 안 아프지?"

나는 진숙이에게 물었어요.

"음, 맹장은 아닌가 봐."

진숙이도 능청스럽게 대답했어요.

"맹장이 아니야요?"

젊은 운전사는 오히려 놀란 듯이 말했어요.

"갑자기 굉장히 아파하길래 맹장인 줄만 알았지 뭐야요."

운전사에게는 시침을 떼고 대답을 했지만, 가짜 외숙모님한테는 싱긋이 웃음을 보냈지요.

"거짓말이었나, 맹장염이라는 거?"

아주머니는 조그맣게 물었어요.

"아주머니에게 차 잡아 드리기 위해서 꾸민 연극이야요."

이 말을 듣자, 아주머니는 낭랑한 웃음을 터뜨렸어요.

"아니 왜 웃어?"

뚱보 씨가 물었어요.

"우리에게 차를 잡아 주기 위해서 순경한테 맹장염이라고 거짓말을 했다는군요."

뚱보 씨도 껄껄거리며 웃었어요.

불고기집에서는 과히 나를 예쁘게 보시지 않던 아주머니가 그때보다는 훨씬 우러나는 다정한 눈으로 나를 보고 있었어요.

"고등학교 몇 학년이지?"

"아직 중3이야요."

"아참, 아까 담임 선생님의 말에 이번에 고등학교에 들어간 댔지."

그리고 부인은 내 이름도 다시 물어 마음에 새기는 표정이었어요.

"정말 우리 수양딸 할까?"

부인도 이렇게 말하겠지요.

"따님 없으세요?"

나는 가슴을 울렁거리며 물었어요.

"딸도 없고, 아들도 없어."

"그렇지만, 제가 이렇게 못났는데 되겠어요?"

"처음에는 못나게 보았는데, 자꾸 보니까 못난 얼굴이 아니야. 그렇죠?"

부인은 뚱보 씨에게 동의를 구했어요.

"활발하고 씁쓸 쌕쌕 한 게 좋아. 얼굴 예쁜 것도 좋지만, 성격이 좋은 것도 잘생긴 조건의 하나거든."

뚱보 씨가 말하겠지요.

'그럼 우리 아버지 돼 주세요!'

또 그 말이 혓바닥에 걸리어 머뭇거리고 있을 때, 차는 돈화문을 돌아 원남동에 다 왔지 뭐야요.

나는 대답을 못 한 채 차를 멈추게 하고 내렸어요. 아까까지 돌돌 나오던 아버지 소리가 안 나와서,

"아저씨, 안녕히 가세요. 아주머니 안녕히 가세요."

이렇게밖에 인사를 못했어요.

뚱보 씨 내외분은 차창으로 내다보며 손을 흔들며 갔어요.

"오늘 기분 좋다! 아버지가 하나 생겼으니깐!"

나는 휘파람을 불며 보도를 걸어갔어요. 지나가는 아이도 쳐다보고, 어른도 쳐다보고 모두모두 나를 보았어요.

휘파람은 남학생의 전매특허가 아닐 텐데 왜 그렇게 쳐다보는지 모르겠어요.

"동자, 너는 좋겠다."

진숙이는 좀 쓸쓸한 표정이었어요.

"……나도 돈 많은 수양아버지나 하나 있었으면 좋겠어."

진숙이는 또 학비 걱정을 하는 모양이었어요.

"걱정 마아. 등록금은 내가 준비할 테니깐."

"등록금만 가지고 되니? 교복이며, 책이며, 돈 들 데가 산더미 같지 않니? 부잣집 아버지들을 가난한 집 아이들에게 가끔 빌려 주었으면 좋겠어. 내가 국회의원이라면 국회에서 그런 연설을 하고 싶어."

"너 이댐에 국회의원 되어라."

"고등학교도 갈까 말까 하는 형편에 무슨 국회의원이 되니? 그이들 너한테만 이야기하더구나."

"아까 그 뚱보 아저씨 우리 둘의 아버지로 하자. 그이들 너한테도 아버지가 안 계신 걸 몰랐지 뭐야."

"난 재수가 없으니깐 그런 말 해 주는 사람 하나 없구나."

"그이 말이야, 뚱뚱하고 살이 쪘으니 아마 사장일지 몰라. 네가 그 집 딸 돼라. 내가 양보할게."

"싫어. 돈 많은 사람이 아버지가 됐으면 좋겠지만 거지같이 굽실거리고 도와주십사 하기는 싫어⋯⋯. 나는 고등학교에 못 가게 되면 자살해 버릴 테야. 살아서 뭣 해."

진숙이는 혼잣말 비슷이 입속으로 중얼거렸어요.

"내가 있지 않아. 왜 그런 소리 하니, 걱정 마라."

나는 진숙이를 위로했어요.

이튿날 학교에 갔더니 곰탕이 오라고 하겠지요.

어제 불고기집 일이려니 하고 카운슬러 룸으로 갔더니, 아닌 게 아니라,

"어제, 선생님을 그렇게 골탕 먹이는 법이 어디 있냐? 너의 외삼촌 아니지?"

"정말이야요."

"그럼 어째서 따로따로 음식값을 내니?"

"우리 외삼촌은 구두쇠가 돼서 그래요."

"말 같지 않은 소리 하지 마라. 내가 지금 너의 어머니 가게에 전화를 걸어 보았더니, 외삼촌은 안 계신다더라."

훈육 주임 선생님은 날카롭게 나를 쏘아보았어요.

"그렇지만, 저의 수양아버지야요. 어디, 전화 한번 걸어 보세요."

"쓸데없는 소리 하지 마라! 거짓말하면 못써."

"제가 거짓말인가 아닌가 물어보시면 아실 거야요!"

76

곰탕께서는 화를 내며 뚱보 씨에게 전화를 걸었어요.

"우리 수양딸이야요. 정말 수양딸이야요!"

전화 속의 말은 내 귀에도 들렸어요.

"그것 보세요!"

"정말 수양아버지니?"

곰탕께서는 뚱보 아저씨하고 한참 얘기하다가 전화를 놓고는 누그러진 표정으로 나에게 물었어요.

"제가 뭐 거짓말할 줄 아세요!"

나는 오히려 부루퉁한 표정을 했더니 가라고 하였어요.

그날 진숙이와 학교에서 돌아오는 길에 아리랑 담배 두 갑을 샀어요.

버스 정류장 앞에 갔더니 어제 차를 잡아 주던 그 순경이 있기에,

"아저씨 어제는 고마웠어요."

하며 주었지요.

순경 아저씨는 처음에 사양하더니 호주머니에 넣어 드렸더니, 고맙다는 인사를 하겠지요.

"순경 아저씨, 저의 수양오빠 안 돼 주시겠어요, 수양오빠요?"

나는 큰 소리로 이렇게 말하고는 순경 옆을 떠났어요.

순경 아저씨는 어리둥절하면서도 웃는 얼굴로 나를 자꾸 바라보았어요.

지각생들

  그 후 일주일이 지나니 불고기집에서 만난 뚱보 신사 부부를 양부모로 정한 일도 잊어 먹고, 교통순경을 수양오빠로 정했던 일도 내 기억에서 희미해졌어요.

  학교에서는 수업 시간에 여전히 꾸벅꾸벅 졸고 있었으며, 간혹 눈을 뜨는데, 선생님에게 미안해서가 아니라, 진숙이의 얼굴을 보기 위해서예요.

  진숙이의 얼굴은 정말 아름다웠어요. 내 자리에서 두 줄 떨어진 조금 앞줄에 앉은 진숙이의 그 프로필은 빚어 놓은 조각 같았어요.

  마치 하나의 예술 작품이나 감상하는 기분으로 나는 가는 눈을 뜨고 바라보는 것이에요.

  어떤 아이들은 바지 씨하고 보이 프렌드 맺기에 열을 올리지만, 난 바지 씨에게는 흥미가 없지 뭐야요. 까까중 머리는 미완

성 비린내가 나서 싫고, 완성 부대의 하이칼라 머리는 담배 냄새, 술 냄새가 싫지 뭐야요.

노는 시간이 되면 나는 돌연 정신이 들고 졸음도 안 오지 뭐야요. 진숙이 옆으로 가는 것이 좋아선가 봐요.

그림자같이 진숙이가 변소에 가도 같이 따라가고, 진숙이가 이야기를 하면 끄덕거리고 웃으면 같이 웃고, 걱정할 일이 있으면 나도 같이 걱정을 하지요.

그런데 요즈음 며칠 사이에 진숙이는 전보다 훨씬 명랑해졌어요.

어머니가 친구와 M 백화점에서 양장점을 같이 하기로 되어 돈벌이가 될 모양이래요.

밤에 집에 있을 때는 눈이 말똥말똥해서 시험 준비에 몰두했어요.

나 자신을 위해서라면 나는 그렇게 공부를 못 해요. 진숙이와 떨어지기가 싫어서 하는 거야요.

그날은 토요일인데 영어, 대수, 기하 세 가지 시험이 있었어요.

여느 때의 진숙이는 남보다 일찍 등교를 하는데, 그날은 조회의 종이 울려도 나타나지를 않았어요.

조회가 끝날 무렵에는 대여섯 명의 지각생들이 교정 구석에 을씨년스럽게 서 있었어요.

혹시 그 속에 끼였나 싶어 교실로 들어가지 않고 지각생 있는 쪽으로 어슬렁어슬렁 발을 옮겼어요.

교정 복판에서 지각생을 붙들고 있는 훈육 주임 곰탕 옆을

지나려 하니,

　　"어디 가아?"

하고, 묻겠지요.

　　"지각생 있는 데요."

　　"왜?"

　　지각생들이 있는 거리는 30미터쯤 되었는데, 그들은 모두 등을 보이고 서 있었어요.

　　바른쪽 끝에 선 학생의 뒷모습이 마치 진숙이 비슷하게 보이길래,

　　"저도 지각생이야요."

하고 말했지요.

　　"그럼 가서 서 있어."

　　진숙인 줄 알고 급히 그 옆으로 가 보았더니, 체격이 비슷한 춘자였어요.

　　나는 실망했지 뭐야요.

　　"너두니?"

　　춘자는 지각생이 한 사람 더 는 걸 좋아하여 나를 환영하였어요.

　　그러구 보니 나는 공연히 지각생이 되어 버렸기에 좀 억울했어요.

　　"애 동자야, 걱정할 건 없다."

　　춘자는 곰탕에게 안 들리게 빠른 어조로 말했어요.

　　"……도중에 버스 안에서 소매치기 사건이 생겨 30분 지체

했기 때문이라고 말해라. 버스 넘버는 70이다. 사실 동대문에
서 그런 사고가 있었대!"

춘자의 말은 내 귀에 들어오지도 않았어요.

진숙이가 웬일일까?

그것만 걱정이 되었어요.

조금 있으니까, 곰탕이 우리 앞으로 활발하게 걸어왔어요.

왼쪽부터 차례로 지각한 이유를 따져 물었어요.

첫째 아이도 둘째 아이도, 미리 짠 버스 속의 소매치기 사건
을 핑계삼았어요. 다섯 명째인 춘자는 표정을 써 가며 그럴듯하
게 말했어요.

마지막으로 내 차례가 왔는데, 나는 진숙이 생각에 머릿속이

만원이었어요.

"……남궁동자, 왜 대답 안 해?"

곰탕은 신경질의 볼륨이 상승해 있었어요. 버스 사고 얘기를 할까 하나가 춘사의 말을 잘 듣시 않았기 때문에 잊어 먹었시 뭐야요.

그리고 꾸며 대기도 귀찮기에,

"늦잠 자다가 지각했어요."

맘대로 하시오, 하는 기분이 되어 대답해 버렸지요.

춘자는 왜 그런 대답을 하느냐고 내 옆구리를 손으로 쿡 찔렀어요.

나 혼자만 남아서 되게 훈련을 받을 줄 알았는데, 곰탕은 오히려 내 얼굴을 보고 싱긋 웃음을 깨물었을 뿐, 화는 안 내겠지요.

나만 빼놓고 버스 사고로 지각했다는 다른 아이들을 둘러보며 소리를 질렀어요.

"……너희 지각생들은 걸핏하면 버스에서 소매치기니, 빵구니, 충돌 사건이니 잘 꾸며 대는데, 그런 변명에 내가 넘어갈 줄 아느냐? 너희들 그만하면 연극 배우의 소질은 충분하다. 연극 배우 다섯 명은 남고 정직하게 대답한 남궁동자만은 교실로 들어가라."

나는 어리둥절했어요.

좋아서가 아니라 진숙이가 조금 후라도 나타날지 모르는 일이라 지각생으로 더 서 있고 싶었으므로 우두커니 그대로 서 있었더니,

82

"남궁동자, 들어가도 좋아!"

곰탕은 부드럽게 말했어요.

"괜찮아요. 저도 지각생이니까 서 있겠어요."

나는 서 있기를 원했어요.

"……동자는 양심적이다. 나는 양심적인 학생을 좋아한다. 오늘 시험이기 때문에 아마 밤 새우고 공부하느라고 새벽녘에 잠이 들었나 보다. 그런 변명은 한마디도 안 하고 지각에 대해서 스스로 책임을 느끼는 태도가 됐다. 동자는 어서 들어가아……."

곰탕이 기껏 칭찬을 해 주는 것이 나에게는 덜 고맙지 뭐야요. 서 있기도 곤란해서 할 수 없이 그 자리를 떠났어요.

교실에 들어와서 창밖을 내다보니 그제서야 남은 다섯 명은 겨우 해방이 되어 교실로 가고 있었어요.

나는 교문만 바라보았어요. 학생의 그림자 하나도 교문에는 비치지 않았어요.

이때 딸기코께서 프린트한 시험지를 들고 교실에 들어왔어요.

첫 시간 시험은 영어인데 나눠 준 시험지를 받아 보니, 생각하면 다 쓸 수 있는 문제들이었어요.

다른 아이들은 열이 나서 답안을 쓰기에 바빴어요. 나는 과히 서둘지 않았어요. 지금 이때라도 진숙이가 오나 싶어 몇 번이고 창밖으로 신경이 쏠렸어요. 단 한 번 지각조차 한 일이 없는 진숙이가 시험 때 결석을 한다는 것은 보통 일이 아니었어요.

내 머리는 시험 문제보다는 진숙이의 신변에 무슨 불행한 일이 생겼는가, 그 걱정이 앞섰어요. 그러는 사이에 벌써 다 쓰고 나가는 아이도 있었어요. 그제서야 답안을 쓰기 시작했는데, 두 서너 문제 하다 보니 이미 시간이 되어 시험지를 거두라고 딸기 코께서 명령을 내렸지 뭐야요. 할 수 없이 10분의 9는 안 쓴 채로 백지를 내놓았어요.

다음 대수 시험도 숫자 위에 진숙이의 일이 오락가락해서 아는 문제도 못 풀고 하얀 종이 고대로 내고 말았어요.

마지막 기하 시험만은 제대로 쓸까 했는데, 진숙이도 못 친 시험인데 나만 잘해 무엇 하나 싶어 처음부터 일부러 한 자도 쓰지 않고 깨끗이 내놓았지요.

종회가 끝나고 집으로 가려고 하니 딸기코께서 가지 말고 따라오라고 하지 않겠어요.

직원실로 따라갔더니,

"어째서 오늘 시험에는 하나도 안 쓰고 백지를 냈니?"
하고 눈이 뚱그래서 묻겠지요.

"……몰라서 못 했어요."

설명하기가 귀찮아서 간단히 대답했지요.

"요새 동자의 성적이 부쩍 오르다가 도루 떨어지니 웬일이야? ……집에서 공부 안 하나?"

"공부는 하는데 머리가 나쁜가 봐요."

청소 당번인 춘자가 어느 틈에 내 옆에 와서 대화를 듣고 있었어요.

"어제 기원에서 할아버지를 만나 동자의 칭찬을 했었는데,

84

성적이 이렇게 도루 떨어지면 고교에 못 들어가아. 정신 차려야지!"

딸기코는 너무 익어 뭉크러질 듯한 코를 벌렁거리며, 나를 바라보았어요. 딸기코는 나를 위해 말을 하시는 거지만 나는 그 순간에도 진숙이가 결석할 만한 까닭이 무엇인가 그 생각을 하고 있었어요.

그래서 춘자가 무슨 말을 딸기코께 여쭈고 나간 것도 나는 몰랐어요.

겨우 선생님 앞을 벗어나서 직원실을 나서니 복도에 춘자가 편지 한 장을 들고 서 있었어요.

"편지함을 보니 너한테 온 편지가 있더라."

춘자가 주는 편지를 받아 보니 발신인은 '약수동 김상달'이라고 씌어 있었어요. 누군지 얼른 기억이 안 났어요.

초대받은 집에서

"누구니?"

춘자는 호기심을 돋우고 묻겠지요.

"몰라, 누군지."

"보이 프렌드니?"

"나 그런 거 없어!"

"나도 너에게 보이 프렌드가 있으리라고는 생각지 않는데, 웬일이니? 프렌드를 청하는 편지인지도 모르겠구나."

춘자는 이렇게 말하며 내 얼굴을 새삼스레 자세히 바라보았어요. 마치 그것은 무슨 검사장에서 물건을 검사하는 사람의 눈초리 비슷했어요.

"너에게만은 보이 프렌드가 생기리라고 생각지 않았는데 모르지. 시력이 0.5쯤 되는 남자가 잘못 보았는지……."

춘자는 자기도 과히 이쁜 얼굴은 아니면서, 곧잘 남이 못생긴 것을 흠 잡는 아이야요.

그러나 나는 별로 화가 나지 않았어요.

진숙이를 욕했으면 춘자를 한 대 갈겼을 것이야요. 그런데 막상 나 자신의 일이 되면 소심하고 용기가 없지 뭐야요.

'제 따위는 나보다 얼마나 예쁘다구.'

속으로 이렇게 생각했지만 그 말도 못 했어요.

"그러게 말이야. 어떤 바보 같은 바지 씨가 내게 편지를 보냈을까."

나는 남의 일같이 춘자의 말에 장단을 쳐 주며 편지를 뜯어 보았어요.

일전에 불고기집에서 임시 외삼촌이 되어 준 뚱보 신사였어요. 내일 일요일 6시경에 진숙이와 함께 자기 집에 와서 저녁 식사를 같이 하자는 초대 편지였어요. 존대의 말이 씌어 있었기 때문에 문면만 보아서는 발신인이 늙었는지 젊었는지, 나타나 있지를 않았어요.

"이 사람, 대학생이니?"

"음······."

대답하기 쉬운 대로 고개를 끄떡거렸지요.

"잘생겼니?"

"음!"

"어디서 그런 사람 만났니?"

"음!"

나는 아무렇게나 대답을 하고는 복도를 뛰쳐나왔어요. 무엇보다 진숙이와 만날 일에 맘이 바빴어요.

진숙이네 집에 갔더니, 진숙이의 어린 동생이 어머니가 입원해서 병원에 가 있다고 하였어요.

병원을 알아 가지고 입원실 도어를 노크했더니, 진숙이기 헬쑥한 얼굴로 나타났어요.

"설상가상으로 왜 우리 집에는 자꾸 불행한 일이 겹치는지 몰라."

진숙이는 이렇게 말하며, 해사한 얼굴에 수심이 가득 차서 어머니가 입원한 경위를 말했어요.

어머니가 어제 저녁 9시경 친구가 경영하는 이층에 있는 양장부에서 일을 마치고 층계를 내려올 때였대요.

늘 한복만 입던 어머닌데 양장점 친구가 양장부에 있으려면 양장을 해야 한다 해서, 친구가 해 준 슈트를 입었대요. 하이힐은 살 돈이 없어서 친구가 신던 것을 한 켤레 얻어 신었는데, 체격이 늘씬한 어머니에게는 좀 작았대요.

층계를 서너 단쯤 내렸을 적에 뒤에서 네댓의 젊은 청년이 장난을 치며 쫓고 쫓기어 급히 뛰어내리는 바람에 진숙이 어머니의 어깨를 되게 밀치었대요.

그 바람에 진숙이 어머니는 익숙하지 않은 작은 하이힐의 중심을 잃고 계단 위에서 엎어진 채 아래까지 굴렀대요.

진숙이 어머니는 발목과 무릎뼈를 몹시 상했대요. 그 자리에서는 과히 다친 줄 몰랐는데, 밤사이에 심해지며 아파서 한숨도 잠을 이루지 못했대요.

어머니의 고통이 하도 심해서 학교에 가는 길에 가까운 외과 병원에 가서 진찰을 하였더니 잘못하다가는 다리가 불구가 되기 쉬우니 큰 수술을 해야 한다고 하더래요.

그러나 수술 보증금을 낼 수 없어 진숙이가 사정을 하여 겨우 어머니를 수술케 하였대요.

"……오빠라도 있었으면 좋을걸. 요양소에 가 있거든. 시험도 나에게는 중요하지만 그보다는 어머니의 몸이 더욱 소중하지 뭐니?"

진숙이는 말을 이었어요.

"보통은 보증금 없이 수술 안 해 준대. 내가 원장 선생님을 직접 만나 사정을 했더니, 들어주셨어."

진숙이는 돈 없이 어머니를 구할 수 있었던 자기의 힘에 자랑을 느끼고 있었어요.

"……근데, 너의 어머니를 떼민 그 바지새끼 지금 어떻게 됐니?"

"그 새끼 넘어진 사람 일으켜 줄 생각도 않고 달아났대."

"그 새끼 내가 그때 보았으면 종로 바닥에 끌어내어 실컷 패 줄걸!"

나는 정말 분했어요.

"우리 어머니는 그 바지새끼의 얼굴 보면 아신대, 얼굴은 번번하게 생겼더래."

"그래도, 진숙이 너 용하다. 어머니를 입원시켰으니!"

"그런데 앞일이 걱정이야. 밥 끓여 먹기도 힘든데 무슨 돈으로 입원비는 갚니?"

진숙이의 얼굴에는 달님 속에 비친 계수나무의 얼룩같이 수심이 서리었어요.

"지난번 붕고기집에서 만난 뚱보 씨 있지? 그분의 수양딸 되렴."

"왜?"

"그 사람 부자일지 모르니까."

"수양딸은 동자 너 아니니?"

"너한테 양보할게. 너하고 나하고 저녁 식사에 오라고 초대 편지가 왔어."

나는 편지를 내보였어요.

"어머니 시중해야지. 갈 짬 없어."

"어머니 허락받고 잠깐 갔다 오면 되잖아."

"나 요새 영양부족이야. 영양 보충하러 갈까?"

진숙이는 구름 속에서 나온 보름달 같은 표정을 하였어요.

"……좋은 수가 있어. 나는 스커트 속에 주머니를 하나 달고 갈 테야."

"왜?"

"맛있는 음식 나오면 그 속에 주섬주섬 몰래 넣었다가 너의 어머니도 드리고 너의 동생도 주자!"

"그런 짓은 마아, 치사스럽게!"

그러나 나는 속으로 그렇게 할 생각을 했어요. 들켜야 내가 욕먹지 진숙이가 욕먹을 건 없을 테니간요.

이튿날 저녁 병원에 가서 진숙이를 데리고 초대받은 뚱보 씨네 집으로 떠났어요.

내 스커트 속에는 굵은 나일론 실로 짠 주머니가 하나 달려 있었어요.

장충 공원 체육관 앞에 가니 약속한 시간에 뚱보 아저씨가 나와서 기다리고 있었어요.

뚱보 아저씨는 매우 반가워하며 우리를 맞아 주었어요.

집까지 걸어가는 길에,

"아저씨, 우리 둘 다 수양딸 삼아 주세요!"

나는 말했어요.

"둘을 한꺼번에? ……핫핫…….'

뚱보 아저씨는 오뚝이같이 순진하게 웃으셨어요.

"둘이 많으시거든 진숙이를 삼아 주세요. 나는 못났지만 진숙이는 곱지 않아요."

진숙이의 일이니만큼 내 입에서는 말이 술술 잘 나왔어요.

"수양딸 되려면 아주 우리 집에서 살아야 할 텐데……."

뚱보 씨는 이렇게 말하며 진숙이를 한 번 보고 내 얼굴을 한 번 보았어요.

"진숙이는 아버지가 안 계시거든요. 아버지가 그립대요. 진숙이는 가서 살 수 있어요!"

나는 선뜻 말했지요.

"동자는?"

"나는 남의 집에서 못 살아요."

"핫핫핫……."

뚱보 씨는 또 웃었어요. 그 웃음이 무슨 뜻인지 나는 잘 몰랐어요. 나중에 안 일인데, 뚱보 씨는 그저 웃기를 잘하는 사람이었어요.

뚱보 씨네 집은 장충 공원에서 걸어서 5분쯤 되는 거리인데, 타일을 예쁘게 박은 아담한 이층 양옥이었어요.

아래층만 하더라도 넓은 마루방까지 방이 넷이며, 자식 없이 부부만 살기에는 너무도 여백이 넓은 집이었어요. 뚱보 씨는 노상 웃으며 우리를 대했는데, 집 안에서 본 해사한 부인은 총명한 두 눈이 반짝거리며, 우리 둘을 까 보고, 벗겨 보는 듯했어요. 음식상을 대할 적에 진숙이는 입도 예쁘게 벌리고 일부러 조금씩 먹는데, 나는 밉게 보이라고 입도 크게 벌리고 쩍쩍 소리를 내며 불고기를 주워 먹은 입에 생선전 부침도 연달아 주워 넣었어요.

'못됐다!'

하고, 부인이 속으로 언짢게 생각할 줄 알고 힐끗 표정을 보았더니, 입을 반쯤 벌리고 구경거리나 되는 듯이 바라보고 있었어요.

"음식도 탐스럽게 잘도 먹지!"

도리어 칭찬을 하지 않아요.

"아주머니는 왜 안 잡수세요."

"난 위가 좋지 않아. 기름진 거 잘 안 먹어. 음식 잘 먹는 걸 보면 제일 부럽다니까."

부인은 이렇게 말하며 내 입만 또 바라보고 있었어요.

그때부터는 일부러 입을 곱게 벌리고 조금씩 먹기 시작했어요. 부인이 잠깐 일어난 틈에 나는 진숙이에게 귀띔을 했어요.

"막 먹어라. 부인이 그걸 좋아해."

그러나 진숙이는 영양부족이라면서 천천히 얌전하게 꾸미고 먹고 있었어요.

나는 스커트 속에 음식을 좀 훔쳐 넣어야 할 텐데 뚱보 씨가 바로 내 앞에 앉아서 바라보고 있으니, 좀처럼 기회가 없었어요.

마침 전화가 와서 뚱보 씨가 안방으로 건너갔는데, 그 틈에 냉큼 불고기 접시를 집어 스커트를 젖히고 주머니 속에 엎어 부었지요. 그리고 전 접시도 집어 몽땅 집어넣었지요. 떡을 한 움큼 집어넣는데, 부인이 쑥 들어왔어요.

본 것도 같고 안 본 것도 같았어요.

나는 고개를 못 들고 가만히 있었어요. 때마침 초인종이 울리고 누가 밖에 왔어요. 부인이 나가길래 겨우 숨을 돌리고 고개를 들었어요. 진숙이는 나를 째려보고 있었어요.

부인은 대학생인 듯한 얼굴이 미남으로 생긴 바지 씨를 하나 데리고 들어왔어요.

그레고리 펙

    부인의 안내로 바지 씨가 방 안으로 들어서는 기척을 들으면서 나는 일부러 고개를 쳐들지 않고 시선을 음식상 위에 떨어뜨린 채 가만히 있었어요.

    밖에서 들어올 적에 언뜻 보니 미남 타입이었기에 내 못난 초상을 사양하는 의미였어요.

    그는 바로 내 정면 뚱보 주인 옆자리에 주인 아주머니가 방석을 깔고 꾸미는 동안 잠시 서 있었는데, 나는 아래로부터 살금살금 치켜 올라가며 그를 보았어요. 바지는 블랙 블루, 윗옷도 같은 색 대학생 제복이었고 배지는 사립대 중에서는 명문인 K 대학이었어요.

    목덜미에서 이번에는 얼굴 위로 반눈을 뜨고 보았는데, 그 얼굴을 본 나는 두 눈이 제물에 번쩍 뜨이도록 놀라고 말았어요.

    할리우드의 인기 배우 그레고리 펙과 매우 비슷했어요. 키가 작고 어깨발이 좁고 코가 좀 납작하다 뿐이지, 눈매와 입매는 그레고리의 것을 복사해서 박아 놓은 것 같았어요.

그는 앉으면서 나를 거들떠보지도 않고 주로 진숙이에게로 쏠리고 있었어요.

그 바지 씨의 얼굴을 본 후로부터 내 가슴은 갑자기 두근거리기 시작했어요.

나의 애인은 밤하늘의 달님이라고 말했지만 사실은 마음속에 남몰래 숨겨 둔 애인이 하나 있었어요. 그게 바로 그레고리 펙이라는 영화 배우였어요.

작년에는 할아버지와 함께 우연히 집 근처에 있는 삼류 영화관에서 〈로마의 휴일〉을 본 일이 있는데, 그때 처음으로 그의 이름을 알았어요.

신문기자로 나온 그의 모습이 마음에 들어 그 다음에는 〈백주의 결투〉를 보았고, 그가 나오는 영화라면 신문 광고를 보고 일부러 먼 데 있는 영화관을 찾아가서까지 골고루 보았어요. '학생 입장 불가'라는 딱지가 붙었을 때는 교복을 벗어 버리고 한복을 입고 갔었어요.

어떤 때는 그의 남자다우면서도 잘생긴 얼굴이 보고 싶어 이미 본 걸 또 보러 갔고, 연속 상영할 때 끝나도 그대로 눌러앉아서 내리 세 번을 보고 돌아온 적도 있었어요.

하지만 그레고리 펙은 나에게 높은 하늘에 있는 달님과 같은 존재였어요. 내가 불렀다고 대답할 리 없고 편지를 한다고 답을 해 줄 리 없고, 그저 나 혼자 남몰래 맘에 새겨 둔 멀고 먼 곳의

사람이었을 뿐이었어요.

꿈나라 속에 있는 듯한 얼굴이 갑자기 눈앞에 나타났으니 내 심장이 뛸 거 아녜요?

얼굴은 못났지만 하는 짓이나 좀 예쁘게 보일 생각으로 수저도 얌전하게 놀리고, 음식이 입으로 들어가는지 콧구멍으로 들어가는지 맛을 알 수가 없었어요.

그래도 그가 볼까 봐서 전 부침을 하나 집어 입에 갖다 넣을 때, 입을 작게 벌렸더니 입보다 전이 커서 잘 들어가지 않아 그만 반은 입에 물리고 반쪽은 내 무릎 위에 떨어졌지 뭐예요. 젓가락으로 다시 집어 입에 넣었더니 긴장한 탓인지 이번에는 그

전 반쪽이 식도에 걸렸어요. 참고 넘기려고 하다가 숨이 막히어 와락 기침과 함께 입속의 음식이 밖으로 튀어나왔어요. 얼른 손으로 막기는 하였으나, 밥알이 사방에 튀었지 뭐예요.

"동자 왜 그래? 시장해서 너무 급히 먹었나?"

부인이 웃으며 말했어요.

"……전 속에 가시가 있었어요."

나는 고개를 숙인 채 겨우 대답하며 이마 너머로 그레고리를 보았더니 내 존재는 전혀 무시하고 진숙이에게 이야기를 걸고 있었어요.

그는 바로 옆집에서 하숙하고 있다고 말하고 있었어요.

바지 씨 뒤에 전축 위에는 쟁반만 한 손거울이 놓여 있었는데, 얌전을 빼고 있는 내 얼굴이 그 속에 보였어요.

그랬다고 내 얼굴이 조금도 낮게 보이지가 않기에 나는 그레고리 앞이지만 얌전의 두 자는 내버리기로 했어요.

'제깐 녀석 날 한 번 보아 주지도 않는데, 얌전 빼서 밥맛만 망칠 것 뭐야.'

나는 이렇게 생각하고 다시 그때부터 입을 벌리고 사양 않고 식욕대로 마구 먹었어요. 그레고리는 이 근방에 출몰하는 도둑 얘기를 하기 시작했어요.

며칠 전 밤 2시경에 뚱보 아저씨 집에 도둑이 두 놈 들어온 일이 있는데, 그때 그레고리는 다른 동네 청년 몇 사람과 함께 그 중의 한 명을 추격해서 잡은 일이 있었대요.

그 보답으로 부인은 마침 놀러 온 그레고리를 우리들의 디너

파티에 합석을 시킨 것이었어요.

그는 이 집의 무슨 친척도 아니고 단순히 이웃에 사는 대학생인 것도 알게 되었어요.

"이 근방은 도둑이 많아 불안스러워 못 살겠어요. 어디로 이사를 가든지 해야지."

부인은 좀 노이로제 기미로 상을 찌푸렸어요.

"사람 사는 곳에 도둑과 거지는 양념으로 있는 거지요."

뚱보 주인은 반주 잔을 들이켜며, 대범하게 웃었어요.

"그런 양념은 진저리가 나요."

부인은 신경질적으로 소리를 지르겠지요.

나는 그저 먹기에 바빴어요. 부인이 나를 보지 않는 틈을 타서는 떡을 집어 나일론 망사 주머니 속에 집어넣었어요.

"아주머니, 염려 마세요. 제가 있지 않아요."

그레고리는 진숙이를 곁눈으로 힐끗 보며 말했어요.

"……저의 방과 아주머니네 안방 사이에 초인종 줄을 달아 놓으면 어때요? 도둑이 들어오거든 누르세요. 제 방에서 종이 찌르릉 울리면 제가 도둑인 줄 알고 몽둥이를 들고 나올 테니깐요."

"그랬으면 좋겠구면."

부인은 대찬성이었어요.

"……사실은 제가 이 아이디어를 말씀드리고자 여기에 온 것이지요."

영화의 그레고리는 별로 뽐내지를 않는데, 이 복사품 그레고리는 상당히 으스대고 있었어요.

'그레고리가 돈이나 많아 진숙이와 프렌드가 되어 좀 도와주었으면 좋겠다!'

나는 혼자 속으로 이런 생각을 하며 그의 옷차림을 다시 한 번 아래로부터 위로 조사해 보았어요.

팔목시계 손수건 도 가졌고 손수건도 깨끗했으며, 담배는 제일 비싼 백 원짜리 청자였어요.

헤어질 때 문간에서 그레고리가 진숙이보고 주소를 가르쳐 달라고 말했건만 진숙이는 웃기만 하고 끝내 가르쳐 주지를 않았어요.

"왜 안 가르쳐 주니? 주소."

돌아오는 버스 안에서 물었지요.

"가난하게 사는 우리 집 꼴 보이고 싶지 않았어!"

"그레고리가 부잣집 아들인 것 같애. 프렌드가 돼서 도움을 받으렴."

"그런 거지 노릇은 하기 싫어."

"그레고리가 네 얼굴만 쳐다보더라."

"흥미 없어!"

"왜?"

"도둑 잡은 얘기만 신이 나서 하는걸 뭐. 그래도 얼굴은 잘 생겼지?"

진숙이도 싫지 않은 표정이었어요. 버스에서 내려 병원으로 가는 길에 진숙이는 한숨을 내쉬며,

"그 집에 괜히 초대받아서 갔다."

"왜?"

"……."

"너 음식 많이 못 먹었지. 도둑 잡은 얘기 듣느라구?"

"그래도 영양 보충은 한 셈이야."

"어머니와 동생 생각이 나서 그러니? 걱정 마라!"

나는 스커트 속에서 음식이 가득 든 나일론 망사 주머니를 꺼내 보였어요.

"어마아, 이렇게 많이……?"

진숙이는 조금 명랑해졌어요.

"난 고기 한 쪽 겨우 집어 먹었어."

진숙이는 길에서 불고기 쪽을 집어 입에 넣었어요.

"……세상은 왜 이렇게 불공평하지? 가난한 우리 집엔 병

자가 둘씩이나 생기고 끼니 걱정을 하는데, 어떤 사람은 큰 집에 살며 세간도 번쩍거리고 음식도 푸지게 해 먹고 사니 말이야!"

"그 대신 그 뇡보 아저씨네 집에는 애가 없지 않니? 플러스 마이너스 제로……."

"왜 나는 그런 집에 태어나 귀염받지 못하고 우리 집 같은 데 태어났을까."

진숙이는 불고기를 씹으면서 우울해했어요.

"그러니, 그 집 수양딸 되란 말이야!"

"우리 어머니가 어엿하게 계신데 왜 남보고 어머니라고 부르니?"

"그럼 잘사는 집 부러워 마라."

"끼니 걱정, 약값 걱정, 학비 걱정이 들이닥치는데 부럽지 않아? 난 부러워서 부러워서 자살이라도 하고 싶어."

"……."

"난 동자 너의 집만 해도 좋겠어. 더 안 바라겠어."

"그럼 너 우리 집에 와서 살아라. 그 대신 너의 예쁜 얼굴 나 다오. 난 토끼 모양 비지하고 풀만 먹고 살아도 좋으니."

진숙이 너 같은 얼굴 한번 되고 싶다. 이 말은 나의 진정이었어요.

수상한 사나이들

우리는 마침 가구점 앞을 지나고 있었는데, 진열장에 내놓은 커다란 화장 경대에 진숙이와 내 얼굴이 비치었어요.

진숙이의 얼굴이 빚어 놓은 대리석이라면 내 얼굴은 겉 시멘트가 부스러진 블록 벽돌과 같았어요. 진숙이가 진주 구슬이라면 나는 흙 묻은 조약돌이었어요.

진숙이도 그걸 느꼈는지 표정이 좀 명랑해졌어요.

"어머니 갖다 드리면 좋아하실 거야."

하며 내가 내민 망사 주머니를 받아 들었어요.

"……그런데 애, 그 집 주인 아주머니가 보신 것 같애! 어떡허지?"

진숙이는 걱정을 하였어요.

"욕은 내가 먹는 거니 걱정할 것 없어!"

"너한테 미안하지 않아!"

"……오히려 내가 미안하다!"

나는 그레고리 앞에서 얌전을 피우다 음식이 목에 걸렸던 일을 생각했어요.

"뭐가 나한테 미안하니?"

차마 그레고리와 프렌드가 되고 싶어 했다는 말은 나오지가 않아,

"음식을 더 많이 못 훔쳐서 말이야."

하고 말했어요.

진숙이를 따라 병원에 같이 갔더니 진숙이 어머니는 수술 경과가 좋아 마침 식욕이 나는 즈음이라 망사 주머니에 넣어 온 음식을 맛있게 잡수셨어요. 진숙이는 어머니가 음식을 맛있게 드시는 걸 보고 기분이 명랑해졌어요.

그러나 이튿날 학교에 나타난 진숙이는 짐짓 더 침울한 얼굴이었어요.

"밤사이에 어머니의 병환이라도?"

물었더니,

"돈이 무언지 원수야."

하고 한숨을 연거푸 내쉬었어요.

"병원 치료비 때문에?"

"당장 집안에 쓸 돈이 한 푼도 없으니 어떻게 하면 좋으니? 오늘 아침 버스값도 없어서 걸어왔어."

나는 내가 가진 버스 회수권을 몽땅 진숙이에게 주었어요.

"오늘 저녁거리도 없지 않아? 내 동생 오늘 점심도 못 싸 주

104

었어!"

나는 진숙이의 새 학기 등록금으로 모아 둔 돈을 예금통장째로 내주었어요.

"이걸로 써!"

"길에 가다가 조개껍데기라도 주워서 그 속에 백만 원짜리 큰 진주나 하나 나와서 내가 벼락부자가 되거든 이 은혜 다 갚을게……."

진숙이는 이렇게 말하며 구름 낀 얼굴이 다시 밝아졌어요.

돈을 어머니한테 받을 때의 기쁨도 크지만 궁한 진숙이에게 줄 때의 기쁨은 그 이상이었어요.

그날 집에 돌아오니 마침 어머니가 저녁 찬거리로 대합조개를 사 오셨어요.

"그 대합조개 내가 까지요."

진숙이 말마따나 혹시 그 속에서 백만 원짜리 진주알이나 나올까 싶어 일부러 자청하고 나섰어요.

"오늘은 웬일이니, 이런 일을 다 거들어 주겠다고 하니."

어머니는 신통하게 여겼어요.

나는 대합조개를 까서 조개껍질 속만 보지 않고 조갯살 속도 하나하나 발겨 보았어요.

"……얘얘, 살은 왜 그렇게 발기니? 그러면 뭉크러져서 쓰겠니?"

어머니는 질색이었어요.

들은 척 만 척 나는 끝까지 조갯살 전부의 살을 발겨 보았는데 허사였어요.

'무얼 해서 돈을 벌까?'

그날 밤, 자지 않고 궁리를 했으나 소용없었어요. 돈 나올 데는 어머니 주머니뿐인데, 구두쇠인 어머니는 한 달에 6백 원씩 주는 월급 외에는 무얼 살 돈인가를 꼬치꼬치 따지기 때문에 긁어낼 도리가 없었어요.

아직 월급 타려면 보름은 남았는데,

"……미리 좀 꾸어 주세요."

하고 이튿날 아침 손을 내밀어 보았어요.

"싫다!"

어머니는 어림도 없다는 표정이었어요.

"참고서 살라고 그런다니까!"

"무슨 참고서!"

"영어 참고서! 새로 나온 거 학교서 사라고 그랬어."

"살 필요 없다!"

어머니는 백을 들고 이내 나보다 먼저 나가 버렸어요.

"그 책 없으면 고등학교 떨어진단 말이야."

크게 소리쳤으나 어머니는 들은 척 만 척 문밖으로 사라져 버렸어요.

화초에 물을 주며 우리들의 말을 듣고 있던 할아버지가 내 앞으로 오셨어요.

"나한테 5백 원 있는데……."

"친구한테 백 원 꾸지요, 뭐."

할아버지에게 직접 손을 내밀면 잘 안 주지만 어머니하고 옥신각신할 때는 돈이 있는 한 곧잘 내주세요. 어머니한테서 안 나올 줄 알면서 내가 떼를 쓴 것은 그 때문이었어요.

가벼운 걸음으로 학교에 와서 돈을 주려고 진숙이를 찾으니 진숙이는 학교에 나오지 않았어요. 공부를 마치고 나서 병원으로 갔더니 어머니 말이 인천에 있는 친척집에 갔는데, 밤사이에는 돌아올 거라는 대답이었어요.

마침 동생 아이가 와서 공책을 사겠다고 10원만 달라고 손을 내밀었어요.

"지금 돈 없다. 너희 누나 오거든 보자!"

어머니가 이렇게 대답하는 걸 보니 진숙이는 아마 인천에 돈 주선하러 간 모양이었어요.

내가 어제 준 돈도 다 쓴 것 같기에 5백 원을 침대 밑에 넣어 주었어요.

"이거 제가 진숙이한테서 꾼 돈이야요."

하고는 병실을 나왔어요.

집에 돌아와서 저녁을 먹고 9시쯤 전화를 걸어 보았더니 진숙이는 아직도 돌아오지를 않았어요. 10시에도 돌아오지를 않았고, 11시에 거니 막 도착했다는 대답이었어요. 시간은 늦었지만 병원으로 버스를 타고 갔어요.

"……인천에 돈 주선하러 갔었니? 그래 됐니?"

만나자 물었더니, 진숙이는 고개를 저었어요.

"……세상이란 야속해. 우리 잘살 때는 와서 신세진 친척들이건만 우리가 가서 모처럼 청을 하는데 이 핑계 저 핑계 하며 쌀쌀하기만 해! 어제 너 간 뒤 갑자기 진통이 심해지셨어! 무슨 주사를 놓아야 하는데 그 약값이 3천 원이고 현금을 내야 한다지 않아! 어머니는 비싼 주사 안 맞겠다고 하시는 걸 니가 준 돈으로 약값을 치르고 주사를 맞게 했어. 당장 끼니거리가 걱정이 되어 학교도 결석하고 인천에 갔던 거야……. 돌아오는 기차 안에서 나는 친척들이 괘씸한 반면 동자 너의 고마움을 뼈저리게 느꼈어."

진숙이는 내 가슴에 얼굴을 묻고 울었어요.

"……나 없는 사이에 5백 원을 또 주고 갔더구나? ……나 그래도 실망은 안 해. 인천서 길바닥에서 20원 내고 점을 쳐 보았더니 이담에 나는 부잣집 며느리가 되겠대. 그때는 너의 은혜 모두 갚을게."

두 눈에는 눈물 이슬이 괸 채 진숙이의 입술은 미소 짓고 있었어요.

시간을 보니 11시 40분이길래 진숙이와 헤어져서 집으로 가려고 버스를 탔어요. 버스 안에서 나는 어떻게 하면 진숙이를 구해 줄 수 있을까 그 궁리를 하다가 어언 우리 동네에 왔으려니 하고 밖을 내다보았더니 낯선 풍경이었어요.

잘 보니 버스는 장충동 공원 옆을 지나고 있었어요.

나는 그제서야 버스를 잘못 탄 걸 깨닫고 다음 정류장에 내렸는데, 시간은 이미 12시 10분 전이었어요. 반대편 정류장에는 막차도 지나갔는지 사람의 그림자 하나 얼씬 안 하고 거리는 조용했어요.

거기나 가서 재워 달라고 할까 하고 있을 때 그 골목에서 한 부인이 나타났어요.

잘 보니 바로 뚱보 아저씨 부인이었어요.

"아주머니……."

나는 소리를 지르며 가까이 갔더니 부인은,

"웬일이지?"

하며 반가워했어요.

부인은 아직 안 돌아온 남편 마중을 나온 건데, 버스를 잘못 탄 이야기를 듣자 자기 집에서 자고 가는 것이 안전하다고 말했어요.

"여학생이 밤늦게 통금 시간에 다니는 건 위험해."

그 말을 들으니 도리어 집에 가고 싶은 생각이 들어,

"괜찮아요!"

하고 걸어서 가려고 할 때, 코로나 택시 한 대가 바로 우리 앞에 와서 멈추었어요.

나는 시간이 없었으므로 뚱보 아저씨에게는 간단히 인사를 하고 총총걸음으로 그 자리를 떠났어요.

한 20미터쯤 갔을 때, 그 근방에 닿았던 또 한 대의 택시가 커브를 돌고 있는데, 그 옆 골목 어귀에 택시에서 내린 듯한 두 사나이가 뚱보 아저씨 쪽을 보고 있었어요.

문득 내 예감이 수상한 듯하여 발걸음을 돌려 뚱보 아저씨 집으로 다시 갔어요.

잠긴 문을 두들기니 아주머니가 나왔어요.

"그것 봐, 가지 못하고 도루 왔군."

"그래서가 아니라, 웬 수상한 남자들이 아저씨 뒤를 따라온 것 같기에 알리러 왔어요!"

부인은 깜짝 놀랐어요.

"내가 돈을 가지고 돌아오는 걸 보고 따라온 게로군."

밖을 내다보던 뚱보 아저씨는 당황해했어요.

"동자의 착각이 아닐까?"

아저씨는 말하며 다시 문밖으로 나가 보더니 돌아왔어요.

"건너편 골목에 두 녀석이 있는 것 같애."

돈을 어디 감춰야 할지 몰라 허둥거렸어요. 가방 속에는 무슨 돈인지 현금이 가득 들어 있었어요.

수상한 골목 안

뚱보 아저씨는 레슬링 선수 같은 거대한 몸집에 어울리지 않게 안색이 금세 노래지더니 방바닥에 놓인 돈가방을 가슴에 부둥켜안고,

"112번에 빨리 전화 걸어, 전화······."

하며 허둥거렸어요.

"왜 돈가방은 껴안고 서서 야단일까?"

부인은 얄싸하게 생겼지만 말투도 침착하게 남편이 부둥켜안고 있는 돈가방을 뺏어 들었어요.

"전화부터 걸어!"

"돈부터 챙겨야죠."

부인은 방 모서리에 놓인 키가 작은 네모진 캐비닛 문을 열었어요.

"여보, 가방 속에 돈 있나 좀 봅시다!"

뚱보 아저씨는 가방을 열고 안의 돈을 조사해 보았어요. 5백 원 지폐로 5만 원 묶음이 열 개 들어 있었어요.

"이 돈 도둑맞으면 큰일이야! 내일 지불할 건데!"

뚱보 아저씨의 눈동자는 잔뜩 겁이 서리어 토끼 눈같이 빨갰어요.

부인은 돈가방을 캐비닛 속에 챙기고, 번호판을 돌리고 열쇠로 잠갔어요.

"열쇠를 땅에다 묻을까?"

뚱보 아저씨가 말했어요.

"쇠는 내가 간수하겠어요."

부인은 여러 개가 달린 열쇠 뭉치를 농 밑에 있는 조그마한 바늘 상자 속에 감추었어요.

"그런 데에 두어서 괜찮을까?"

뚱보 아저씨는 불안해했어요.

부인은 대답하지 않고 텔레비전 세트 옆에 있는 수화기를 들었어요.

다이얼에 갔던 손을 부인은 갑자기 멈추더니,

"밖에 한 번 또 나가 봅시다. 잘 확인을 하고 나서 전화를 걸어요."

"틀림없다니까, 어서 걸어."

"언젠가 당신, 쥐 소리에 놀라서 급히 112번을 부른 일 있잖아요!"

부인은 수화기를 놓고 허리춤을 질끈 여미더니 장롱 서랍에서 전지를 꺼내 들고 방 문을 나섰어요.

"나가지 마아."

뚱보 아저씨는 부인의 옷자락을 붙들었어요.

"괜찮아요."

부인은 뿌리치고 대문을 걸꺼덕 열고 밖으로 나섰어요.

뚱보 아저씨는 문턱에 서서 이마 끝만 겨우 내밀고 쳐다보았어요.

부인은 성큼성큼 걸어 수상한 두 사나이가 숨었던 건너편 골목 앞으로 갔어요.

'용감한데!'

나는 속으로 부인의 담력 있는 태도에 약간 놀라며, 그 뒤를 바싹 따랐어요.

캄캄한 좁은 골목을 향하여 부인은 전지 불을 비추었어요.

골목 안은 예상했던 두 그림자는 안 보이고 조용했어요.

"내뺐나?"

부인은 눈을 밝히고 보더니 중얼거렸어요.

"이 골목은 주머니 골목이라 빠지는 데가 없어! 안에 좀 들어가 봤으면 좋겠어!"

부인은 차마 골목 안 깊숙이 들어가 보기는 불안한 모양이었어요.

"전지 이리 주세요. 제가 가 보고 오지요."

나는 전지 불을 받아 들고 한 걸음 한 걸음 앞을 비추며 30미터쯤 되는 골목 안을 걸어갔어요. 부인은 내 뒤를 살금살금 따라왔어요.

막바지의 어느 집 블록 담 앞까지 왔으나 두 사나이의 그림자는 눈에 뜨이지가 않았어요.

나는 이때, 별로 높지 않은 블록 담 너머의 어둠 속이 좀 궁금했으나 부인에게 말하지는 않았어요.

"아무것도 없구먼, 잘못 본 것일 거야!"

부인은 긴장이 풀린 태도로 발길을 돌리었어요.

그 근방에 도둑이 많다는 얘기를 들은지라 내가 신경과민이었구나 하는 생각이 들었어요.

"글쎄, 우리 집 뚱보 아저씨는 저렇게 겁쟁이라니까!"

"어찌 됐어?"

뚱보 아저씨는 자다가 나온 듯한 식모 할머니와 함께 대문 안에서 비로소 나오며 물었어요.

"골목 막다른 끝까지 가 보았는데 아무것도 없더라니까. 112에 전화 걸었더라면 또 망신당할 뻔했어요."

부인은 남편을 핀잔주듯이 말했어요.

"내가 그랬나? 남궁동자가 그러니까 그런 줄 알았지!"

방에 들어서자 뚱보 아저씨는 옥타브가 긴 호흡을 하며, 놀랐던 그 안색은 다시 정상적인 핑크색으로 돌아갔어요.

"괜히, 저 때문에…… 미안했어요."

나는 조그맣게 사과를 했어요.

"……아냐, 그래도 어쩐지 나는 좀 안심이 안 되는데?"

뚱보 아저씨의 얼굴은 다시 푸르락노르락해졌어요.

"아까는 분명히 두 사나이가 그 골목에 서 있었거든."

"글쎄 아니라니깐!"

"지금 생각나는데, 비어 홀에서 내가 이 돈을 세어 받을 적에 옆 건너편 박스에서 맥주를 마시던 두 젊은 녀석들이 째려보고 있었어. 그 눈초리가 좀 기분 나빴어."

"아니, 그런 많은 돈을 왜 여러 사람들의 눈에 띄는 그런 자리에서 주고받고 했어요?"

"그 친구가 보수 ^보증수표의 준말^ 라도 한 장 해서 가지고 왔으면 간단했을 텐데, 현금을 가지고 오지 않았어. 현금이니, 안 세어 볼 수도 없잖아?"

"당신이 나설 적에 그 사람도 따라나섭디까?"

"아니, 그 두 녀석은 먼저 나갔어!"

"그럼 아무 일이 없지 않아요."

"그놈들이 비어 홀 문전에 지켜 서 있다가 내 뒤를 따라왔는 지도 모를 일이야."

"그렇게 생각하면 한이 없어요. 설사 수상한 놈이 당신 돈 보따리를 보고 따라왔기로 이게 있지 않아요?"

부인은 캐비닛 옆 기둥에 달아 놓은 초인종 단추를 가리켰어요.

"음, 그게 있으니, 좀 맘이 놓이는군."

걱정이 많던 뚱보 아저씨도 훨씬 맘이 놓이는 표정이었어요. 그게 뭔가 알고 보니, 옆집에 사는 그레고리 펙의 아이디어로, 누르면 그레고리 펙의 방에 울리게 되어 있었어요. 초인종 소리가 나면, 도둑이 들어온 줄 알고 그레고리 펙이 액션 영화 그대로 몽둥이를 들고 나타날 모양이었어요.

"나는 오늘 밤잠 못 자겠는데……."

뚱보 아저씨는 또 안색이 시퍼래지며 말했어요.

"그러다간 잠잘 날 없어요. 걱정 말고 잡시다."

부인은 도둑에는 만성이 된 듯했어요.

나는 전지를 손에 든 채 내가 잘 방으로 건너갔어요. 뒤뜰 쪽으로 외떨어진 서재로 쓰는 두 칸짜리 온돌이었어요.

이불 속에 들어가서 자려고 눈을 감았으나, 밤에는 안 자는 올빼미의 습성이 배어 잠이 오지가 않았어요.

얼마쯤 지난 뒤, 스탠드의 불을 켜고서 시간을 보았더니, 1시 30분이었어요.

창문의 커튼을 젖히고 살며시 창문을 열어 바깥을 내다보았더니 눈썹 같은 초생달이 떠 있었어요.

달은 보름달이고 반달이고 초생달이고 간에 모두 내 마음의 애인인지라 한 30분 동안 불을 끄고 멀거니 바라보았어요. 이상하게도 초생달 속에 그레고리 펙의 얼굴이 오락가락했어요. 그건 할리우드의 펙도 되고 옆집의 도둑 잘 잡는다는 펙도 되었어요.

'사람은 달만도 못해. 내 얼굴을 보고는 밉다고 마다할 테니까!'

나는 할리우드의 펙도 옆집의 펙도 박차 버리고 잠시 턱을 괴고 초생달을 바라보다가 창문을 닫고 커튼을 쳤어요. 스탠드를 베개 앞에 내려놓고, 책상에서 소설책 한 권을 꺼내 엎드려서 읽었어요.

두꺼운 소설책을 3분의 1쯤 읽었을 때, 저편 마루방 쪽 유리문이,

"끽끽!"

소리가 났어요.

귀를 기울이니, 또 끼익끼익 소리가 들리었어요. 분명히 유리 미닫이가 열리는 소리였어요.

내 머리에는 골목 어귀에 섰던 수상한 두 사나이 생각이 불현듯이 떠올랐어요. 그리고 블록 담 너머 어둠이 머리에 떠올랐어요.

불을 끌까 하다가 그냥 두고, 다시 귀를 기울였어요.

한동안 잠잠하더니, 나직이 위협하는 남자의 소리가 고요한 밤 공기를 타고 들렸어요.

"꼼짝 마라, 소리 지르면 없다."

도둑이 안방에 들어선 것이 분명했어요.

나는 얼른 옷을 여미고 방 안을 둘러보았으나 막대기 하나 없었어요.

살며시 방 문을 나서서 복도로 면한 안방 벽 앞으로 가 보았어요.

"돈 내놔, 돈 들은 가방 어떻게 했어?"

"돈! 돈이라니, 무슨 돈이요?"

뚱보 아저씨의 말이었어요.

"비어 홀에서 받은 돈, 이 캐비닛 열어 봐!"

도둑의 소리는 날카로웠어요.

"캐비닛은 고장이 나서 열지 못해요."

부인이 태연하게 말하고 있었어요.

"목줄기를 끊어 놓을 테야!"

"아유 아유, 말하지요……."

도둑은 흉기를 뚱보 아저씨의 목에다 겨눈 모양이었어요.

"……그 농 밑의 바늘 상자 속에 열쇠가 있어요."

뚱보 아저씨가 대답했어요.

"열어, 빨리! 열지 않으면 없다!"

잠시 후 열쇠 소리가 나더니, 캐비닛 문이 절꺼덩 쇳소리를 울리며 열리었어요.

도망치는 동자

이때, 뚱보 아저씨가 캐비닛을 열 적에 초인종을 누른 양, 옆 집에서 뿌우뿌우 하는 초인종 소리가 울렸어요.

이윽고 방 문 소리가 나는 걸 보니 도둑들은 돈가방을 들고 나서는 모양이었어요.

마루방 쪽 도어 틈으로 들여다보니 얼굴을 복면한 두 사나이 중 하나는 돈가방을 들고, 하나는 잭나이프를 들고 마루방 유리 미닫이를 나서는 참이었어요.

이때 나는 도어 문을 활짝 열고 그들에게 전지 불을 비추었 어요.

"돈가방 놓고 가. 그렇지 않으면 쏜다!"

마치 권총이나 가진 듯이 소리쳤어요.

내 목소리는 얇고 좀 쉰 목소리라 얼핏 들으면 나이 먹은 남 자의 목소리 같아요.

그들은 주춤하며 이쪽을 돌아보았어요. 전지 불에 눈이 부셔 손으로 가리며, 나이프를 든 사나이가 이쪽을 향하여 전지를 비추었어요. 이번에는 내가 눈이 부셔서 손으로 불빛을 가려야 했어요.

　아무 무기도 가진 것이 없고 여학생인 걸 보자, 나이프를 든 사나이가 내 앞으로 다가왔어요.

　나는 그의 발걸음의 속도만큼 복도로 뒷걸음질을 하며 그의 얼굴에 전지를 비추었어요.

　이때 옆집의 그레고리 펙이 문간에 나타나서 돈가방을 들고 나서는 사나이와 부딪치는 소리가 났어요.

　"이 새끼, 그 가방 놓지 못해!"

하는 소리와 함께 문에 부딪치며 서로 격투하는 소리가 났어요. 그러자 나이프를 든 사나이는 번개같이 대문 쪽으로 뛰어갔어요.

　그 틈에 안방 문을 들여다보았더니 뚱보 아저씨 내외는 손발을 묶이고, 입은 신문지 뭉치로 틀어막혀 있었어요.

　우선 입의 종이를 꺼내 주고 아주머니의 손목 포승_{죄인을 묶는} 노끈 만 풀어 주고는 밖으로 뛰어나갔어요.

　나가 보니 문간에는 도둑도 없고, 그레고리 펙도 간 곳이 없었어요.

　윗길로 뛰어가 보았더니 한 사나이가 이쪽으로 걸어오고 있었어요. 라이트를 비춰 보니 그레고리였어요.

　"도둑은 어떻게 됐어요?"

"내뺐어요…… 누구야요?"

그레고리가 나를 못 알아보길래 내 이름을 댔지요. 그러자 조금 후에 부인이 뛰어왔어요. 경찰에 전화를 걸고 뚱보 아저씨도 밖으로 나왔어요.

"그것 봐, 내가 수상하다고 그랬지."

이번에는 뚱보 아저씨가 부인을 나무라듯이 말했어요.

"학생을 믿었었는데 놓쳤구먼."

부인이 섭섭한 듯이 말했어요.

"두 놈이 다 칼을 들고 있어서 몽둥이만으론 대항할 수가 없었어요."

그레고리는 팔뚝 굵기만 한 몽둥이를 가지고 있었어요.

나는 그 몽둥이를 집어 들자 도둑이 달아난 골목으로 뛰어갔어요.

"가지 마라, 가지 마라, 위험해."

뚱보 아저씨가 이렇게 뒤에서 소리치는 걸 돌아보지도 않고 전속력으로 뛰었어요.

마침 그 골목길은 외가닥으로 뻗은 길이라, 곧장 길을 따라 5백 미터쯤 갔더니 30미터 전방에 두 그림자가 천천히 걸어가고 있는 것이 가로등 불빛에 보였어요. 때마침 통금 해제 음악이 저편에서 울려 오고 있었어요.

나는 그들 앞으로 가서 막대기를 휘둘렀어요.

두 도둑은 얼굴의 복면을 벗고 있었는데, 둘이 다 스포츠 머리고, 짱구였어요.

그들은 칼을 뽑아 들고 덤볐어요. 가방 든 놈은 뒤켠에 있고, 맨손인 놈이 나한테 바싹 덤벼드는 걸, 칼 쥔 손을 향하여 힘껏 막대기로 내리쳤더니 그는 날쌔게 몸을 피하고 나의 막대기를 왼손으로 붙들고 칼로 찌르려고 했어요.

내가 여자인 줄 알고 얕보고 와락 찌른다고 하는 걸 칼 쥔 손목을 잡아 비틀었지요.

팔을 꺾인 그는 꼼짝을 못하고 반신이 수그러졌어요. 그 틈에 더 팔을 죄어 칼을 뺏고는 유도로 메다꽂았지요.

그러자 가방 든 사나이가 가방을 옆에 놓고 같은 잭나이프를 쳐들고 억세게 덤벼들었어요. 살짝 몸을 피해 당수로 뒷덜미를 한 대 갈겼더니 픽 하고 쓰러졌어요.

그 틈에 나는 돈가방을 주워 들고 내뺐지요. 그들은 30미터 간격을 두고 내 뒤를 따라왔어요.

비록 무거운 돈가방이 부담은 되었지만 전국 여자 육상 4백 미터 챔피언과 같은 기록을 낼 수 있는 내 걸음이라 그들이 아무리 기를 쓰고 따라오기로 간단히 나를 따라오지는 못했어요.

약 백 미터가량은 30미터 간격이 그대로 지속되었으나, 시간이 갈수록 5미터, 10미터 자꾸 거리는 더 멀어졌어요. 그들의 스피드는 점점 떨어졌으나 나는 먼저 속력을 그대로 유지하고 있었어요.

한 가지 불안한 것은 그 동네의 지리를 잘 몰랐으며, 그저 길이 트인 데로 달아날 뿐 달려가는 곳이 어딘지 도무지 알 수가 없다는 것이었어요.

골목은 꾸불텅거리며 내려갔다 올라갔다 바른쪽으로 빠졌다
가는 왼쪽으로 휘었어요. 그러자 어느 넓은 한길로 나와서 뛰다
가 뒤를 돌아보니 조용했어요. 또 얼마쯤 뛰다가 뒤를 돌아다
보니 백 미터 저편에 두 도둑은 헐떡거리며 여전히 따라오고 있
었어요.

이때 내 앞에 새벽일을 나가는 노동자 두 사람이 오고 있었어요.

"도둑 잡아라 도둑, 그 여자 도둑이다, 잡아라!"

진짜 도둑들은 나를 도둑으로 몰며 뒤에서 소리쳤어요.

앞에 오던 두 노동자들은 그 소리에 주춤하더니 나를 보았어요.

"도둑 잡아라!"

뒤에서는 진짜 도둑이 또 소리쳤어요.

그러자 한 사람의 노동자가 와락 뒤를 쫓아와서 내 팔을 잡았
어요. 설명하기가 귀찮기에 어깨 너머로 메다꽂고 또 뛰었지요.

그러자 두 노동자는 내가 도둑인 줄 알고,

"도둑이야! 도둑이야!"

소리를 지르며 따라왔어요. 그들은 새 걸음이라 15미터 간격
으로 나를 더욱 바짝 따라왔어요.

나는 조금 숨이 찼으나 아직도 지치지는 않았어요. 그들을
또 5미터 10미터씩 떨어뜨리며 얼마쯤 뛰다가 보니 저편 네거
리 모퉁이에 파출소 불빛이 보였어요.

'옳다, 급하면 파출소로 뛰어 들어가야지!'

이렇게 생각하니 이제 마음이 푹 놓였어요. 두 노동자는 10
미터 뒤에서 기를 쓰고 나를 따라오고 있고, 그 뒤에는 진짜 도

126

둑 둘이 아직도 따라오고 있었어요.

문득 부근 풍경을 보니 오른편 모퉁이에 버스 정류장이 보이는데, 그건 바로 뚱보 아저씨네 집 앞이었어요. 나는 윗골목으로 해서 한 바퀴 돈 것이었어요.

'에라, 다 왔는데, 파출소에 갈 것 없이 뚱보 아저씨네 집으로 가자.'

이렇게 생각하고 왼편 모퉁이에 있는 파출소 쪽으로는 가지 않고, 오른쪽 모퉁이로 접어들었어요.

"도둑이야, 도둑!"

두 노동자는 파출소에 들리라고 아까보다 더 큰 소리를 질렀어요. 그 소리는 능히 파출소에 들렸을 거예요.

아닌 게 아니라, 파출소에서 순경과 또 다른 사람들이 나와서 내다보았어요. 이윽고 순경과 여느 남녀들이 파출소 앞에서 나를 쫓아왔어요.

뚱보 아저씨네 집은 이제 5, 60미터 거리였으므로 마지막 스피드를 내어 달렸지요. 그 사이에 도둑 잡으라는 소리는 사방에 울리고 있었어요.

대문 앞에 가까이 이르자 별안간 내 덜미를 잡는 손길이 있었어요. 나는 얼결에 메다꽂아 버렸는데 넘어졌던 순경이 날쌔게 일어나자 나에게 덤벼들어 손목에 수갑을 채웠어요. 상대가 순경이니만큼, 잠깐 주춤하는 사이에 말 한마디 할 사이 없이 수갑이 채였지 뭐예요.

"순경 아저씨, 수고하세요."

나는 급한 김에 이렇게 말했어요.

이때 두 노동자가 뛰어왔어요.

"지독한 여자 도둑이야요."

그 중의 한 사람이 헐레벌떡하며 순경에게 말했어요.

파출소에서 뛰어나온 두 순경과 세 남녀가 저편에서 또 뛰어오고 있었어요. 잘 보니 남녀는 뚱보 아저씨와 그레고리와 부인이었어요. 나를 잡은 순경은 아마 그 근방을 순찰 나왔던 순경이었나 봐요.

뚱보 아저씨와 부인은 내가 돈가방을 찾아온 걸 보자 깜짝 놀랐어요. 열고 보니 돈은 고스란히 그대로 있었어요.

나한테 한 대 먹었던 순경은 수갑을 끌러 주며,

"웬 기운이 그렇게 세지!"

눈이 둥그래서 나를 바라보았어요. 다른 두 순경은 진짜 도둑을 잡고자 다시 네거리로 달려갔어요.

진짜 도둑들은 어디로 갔는지 이제는 보이지가 않았어요.

"그럼 진작 좀 아니라고 말하지."

노동자 두 사람은 헛 애쓴 걸 억울하게 생각하며 그 자리를 떠났어요.

집에 들어가자 뚱보 아저씨의 부인은 신기해하며 돈가방과 내 얼굴을 또 보고 또 보았어요. 그레고리는 자기가 세울 공을 내가 빼앗았기 때문인지 좀 짭짤한 얼굴로 멀거니 나를 자꾸 보았어요. 나는 내 얼굴을 모두들 자꾸 보는 것이 싫어서 밥 먹고 가라고 붙드는 걸 뒷문으로 내빼듯이 그 집을 나왔어요.

어머니의 명령

집으로 돌아가는 길에 이맛살 ^{이마의 살쫓} 이 시큰거리길래 만져 보았더니 상처가 났어요.

두 도둑과 격투할 적에 다친 것인가 봐요.

대단하게 안 여기고 집으로 돌아왔더니, 어머니가 굉장히 역정이 나셨어요.

"어디 갔더랬니? 너 때문에 어젯밤은 걱정이 되어 뜬눈으로 새웠다. 이마의 그 상처는 어찌 된 일이냐?"

"아무것도 아니야!"

나는 가볍게 빠져 달아나려고 했으나, 내 팔을 꼭 붙들고 어머니는 따지기 시작했어요.

"진숙이한테 알아보았더니 11시 좀 넘어 병원을 떠났다던데 어디서 자고 오는 길이냐?"

사랑의 할아버지도 기침을 하며 나오더니 걱정스런 얼굴로 내 대답을 기다리셨어요.

나는 이야기하기가 귀찮았지만 어머니의 두 눈이 삼각형을 이루고 있으므로 사실대로 얘기를 했어요.

할아버지는 내가 잭나이프를 가진 두 도둑을 상대로 격투해서 돈가방을 뺏어 달려 내빼던 대목에 이르자, 주먹을 불끈 쥐고 옳지 옳지 장단을 치면서 신이 나서 들었어요.

할아버지가 신나게 들어 주길래 나는 더듬거리던 말투가 미끈하게 풀리기 시작했어요.

할아버지와 나는 장단이 맞았지만 어머니의 눈시울은 아직도 잔뜩 굳어져 있었어요.

"······그 뚱보네 집에서 얼마나 좋아라 했겠니? 우리 동자가 아들이었으면 기가 막혔지. 하여튼 좋은 일 했구나······."

할아버지는 이렇게 말하다가 어머니의 눈이 흰자위로 빛나는 것을 보자 말문을 닫았어요.

"그러다가 도둑의 칼에 맞아 죽기나 하면 네 목숨 누가 물어 준다더냐? 남이야 도둑을 맞든 싸우든 네가 왜 나서니? 바보같이 제 몸 아낄 줄은 모르고, 남의 일에 죽을 둥 살 둥 모르고 덤벼들지. 가뜩이나 잘난 얼굴······ 이마의 그 상처 좋······다, 좋아."

"안 아파."

시큰거리지만 나는 아무렇지도 않은 척했지요.

"살점이 풀껍질 앓듯 벗겨졌는데 안 아파? 가서 거울 좀 들여다보아라!"

아닌 게 아니라 거울에 비춰 보니 5원짜리 동전보다 조금 크게 핏줄이 맺히고 절반이나 살점이 떨어져 있었어요.

"아프겠다!"

"정말 안 아파요!"

나는 일부러 눈가에 웃음줄을 띠었어요.

"이젠 도장에 유도니 당수니 배우러 못 간다. 학교 파하거든 딴 데 못 간다. 곧장 가게로 오너라. 또 한 번 이런 일이 있으면 그때는 학교에 다시 안 보낸다."

어머니의 표정은 심각했는데, 할아버지는 입가에 떠오르는 웃음을 헛기침으로 얼버무리며 보고 있었어요.

"내 말 보통으로 듣지 마라! 계집애가 여자다워야 시집가지, 그 꼴 보고 누가 며느리 삼겠다고 하겠느냐?"

"누가 시집간댔나?"

"잔소리 마라!"

어머니는 옆에 있는 쓰레기가 든 양재기를 발길로 차 던졌어요. 어머니는 화가 나면 무얼 차는 버릇이 있어요.

주섬주섬 아침을 먹고 책가방을 챙겨 들고 사랑 옆을 지나니, 할아버지가 오라고 손짓을 했어요.

"동자야, 네가 누구 닮은 줄 아니? 너의 어머니 닮았다. 너의 어머니가 웬만한 남자한테 지니? 어림도 없다. 시장에서도 남자 멱살 붙잡고 뺨치는 것쯤 보통이다. 웬만한 여자 같으면 내가 있는데 양재기를 발길로 차겠니?"

할아버지는 이렇게 말하며 웃었어요.

"난 화나는 일 있어도 발길질은 안 하는데?"

"그래그래, 너는 좀처럼 화를 안 내는데, 그건 너의 아버지 닮았다. 너의 아버지는 화나는 일이 있으면 딴 데로 기분을 돌리고 금방 잊어버리느니라!"

"아버지는 어머니한테 꼼짝 못했나 보지요?"

"그건 안 그렇다. 너의 어머니는 성미가 괄괄하지만 너의 아버지를 섬기기는 깍듯했다."

할아버지는 어머니를 흠잡을 생각 없고, 칭찬하고 싶은 표정이었어요.

"상처에 약도 안 바르고 그냥 가려니?"

할아버지는 걱정을 하며 머큐로크롬 병을 찾았어요.

"그만두세요. 이마에 붉은 것을 칠하면 남이 더 쳐다보는 거 아녜요."

"그럼 반창고라도 사서 붙이렴!"

반창고도 이마에 붙인 것은 흉하기에 이마를 저었어요.

"……기왕 한 일은 잘했다만 앞으로는 남의 일에 참견 마라, 응…….."

할아버지의 이 말은 그럴듯해서 나도 조심하리라고 마음먹으며 집을 나섰어요. 사람들이 내 이마에 시선을 쏟은 것 같기에 걸을 때나 버스에서나 교실에서도 노상 고개를 푹 수그리고 있었어요.

진숙이는 학교에 왔는데, 돈 때문에 내일은 또 결석을 하고 충청도에 있는 외삼촌을 찾아가 보아야 한다고 하며 기운이 없었어요.

진숙이는 점심도 안 가지고 왔기에 내 것으로 나눠 먹었어요. 공부가 끝나자 배가 고팠어요. 종례 때 담임 선생님의 말은 귓전으로 듣고, 돌아가는 길에 진숙이와 함께 빵이나 사 먹을 궁리를 하고 있자니,

"남궁동자만 잠깐 남아!"

하고, 선생님이 내 이름을 불렀어요.

무슨 일인가 하고 기다렸더니, 아이들이 나가고 난 뒤 복도에 불쑥 어머니의 얼굴이 나타났어요.

내가 또 딴 데로 샐까 봐 일부러 데리러 온 것이야요.

"진숙이하고 빵이나 같이 먹고 헤어질 테야!"

"진숙이와 상종도 대강 해라. 걔네 집에 가면 너는 사고가 많아!"

나도 고집깨나 있지만 어머니의 고집은 나일론 실같이 질기기 때문에 하는 수 없이 진숙이와 헤어져서 어머니를 따라 가게로 왔어요.

"공부해야 할 텐데!"

나는 가게를 빠져 나오려고 핑계를 댔더니,

"네가 낮에 공부하는 거 한 번도 못 봤다. 왜 가게에서는 못해?"

어머니는 내 눈치를 알고 봐 주려고 안 했어요.

몸은 가게에 앉아 있지만 생각은 진숙이 위로 달리고 있었어요. 내일은 학교에서 진숙이 얼굴을 못 볼 생각을 하니 안타깝

고 쓸쓸했어요.

바로 이때, 우리 가게 앞에다가 웬 남자가 양말과 손수건 같은 양품들을 놓고 노점을 벌였는데, 어머니는 당장 치우라고 시비를 벌이고 있었어요.

키는 작으나 밀어도 넘어지지 않을 듯이 옆으로 체격이 발달한 양말 장수는,

"나도 좀 먹고 살아야겠소!"

하며 능글맞게 버티고 있었어요.

나는 진숙이의 딱한 사정이 내 사정 같아서 그 일이 머리를 점령해 있었으므로 어머니가 핏대를 올리고 소리치는 것도 관심이 없었어요.

"이 새끼야! 정말 안 비킬 테냐."

어머니 입에서 드디어 이 새끼 소리가 나오더니 손수 남의 물건을 보따리에 싸 넣었어요.

절구통도 가만히 있지 않고,

"이게 왜 남의 물건을 건드리고 야단이야."

소리치며 버티었어요.

이웃의 가게 사람들, 지나가는 사람들이 금방 두껍게 둘러싸고 구경이 벌어졌어요.

상대가 절구통이기에 질 어머니가 아닌 것을 나는 잘 알기 때문에, 조력할 필요를 느끼지 않고 나도 가만히 앉아서 구경이나 했지요.

절구통은 보통 이상으로 끈끈했지만 결국 극성맞은 어머니

를 당하지 못하고 양말 봇짐을 싸 들고 투덜거리며 그곳을 떠났어요.

"그 사람도 먹고 살게 좀 놔두지 그래요."

나는 봇짐을 둘러메고 떠나던 절구통의 뒷모습이 좀 안됐기에 어머니보고 말했어요.

"내 장사가 방해가 되는데 그냥 둬?"

어머니는 나한테도 덤벼들 것 같았어요.

"우린 브로치고 그 사람은 양말인데, 방해될 것도 없지 않아요?"

"드나드는 가게 머리를 꽉 막아 있는데 방해가 안 돼?"

"그런 사람 사정도 좀 보아 주지. 그런 일로 어머니야말로 너무 싸우지 마세요."

"애, 지금은 생존 경쟁이 아니라 생존 전쟁의 시대다. 아니? 내가 사느냐 못 사느냐 하는 마당에 남 동정할 짬이 어디 있냐. 내가 그만큼 억세기에 오늘날 여자 혼자 힘으로 이만한 가게를 장만하고 지내는 거다."

"어머니는 억세게 살면서 나는 왜 불 꺼진 촛대 모양 잠잠하게 있으라고 하우?"

"나는 기왕 성미가 그러니 할 수 없는 거지만 너만은 나와 반대로 얌전한 여자로 키우고 싶다. 본시 네 성격이야 아버지 닮아 얌전한 편인데 뚱딴지같이 유도니 당수 같은 걸 배워 가지고 야단이냐 말이야? 아예 유도고 당수고 제 몸에 지녔다고 생각지 마라! 알았지!"

"만약, 아까 절구통이 어머니를 치거나 했으면 그대로 나보고 가만히 있으란 말이유?"

"내가 그 따위 새끼한테 얻어맞고 가만히 있을 사람이냐? 어림 반 푼어치도 없다. 네 힘 안 빌려도 나 혼자서 넉넉하니 그런 걱정 하지 마라!"

밤 10시쯤 가게를 닫고 어머니와 함께 시장을 나와 합승 정류장에 닿았을 때, 어머니는 옛날 동창생을 우연히 만났어요. 애 쟤 하고 손을 붙들고 반가워하는 걸 보니 퍽 친했던 사이였던가 봐요.

친구 되는 아주머니는 어머니와는 딴판으로 양장이 어울리는 멋쟁이고 얼굴도 예뻤어요. 구두쇠인 어머니가 무얼 먹으러 가자고도 하고, 브로치 좋은 걸 줄 테니 우리 가게로 오라고도 하고 야단이었어요.

친구는 갈 길이 바쁘다면서 요다음에 가게로 찾아가겠다고 말했어요.

마침 같은 방향이라 어머니는 안 타던 택시를 잡으려고 했으나 빈 차는 좀처럼 없었어요. 합승은 와서 닿으면 겨우 한두 사람을 태울 뿐인데, 탈 사람은 여남은 명이 무더기로 달려들었어요.

마침 반쯤 빈 차 한 대가 와서 닿았는데, 이 기회를 놓칠세라 어머니, 친구, 나 셋은 차 입구에 달려들었어요.

세상은 생존 전쟁이라고 말한 어머니는 남자들의 어깨를 밀치고 올라탔어요.

그 뒤로 그 친구가 오르는데 옆에서 같이 올라탄 젊은 남자와 부딪쳐서 몸이 잘 빠지지가 않았어요.

겨우 친구가 올라탔을 때,

"앗, 내 시계!"

하고 소리쳤어요.

"소매치기당했지!"

어머니는 이렇게 소리치자, 친구와 함께 타려는 사람을 밀치고 차에서 내렸어요.

나도 올라탔다가 내렸어요.

"몇 명이 작당해서 탈 적에 뒤에서 덤벼들어 시계나 목걸이, 핸드백을 노리는 놈들이 있어!"

어머니는 이렇게 말하며 사방을 날쌔게 살피더니, 저편 보도로 올라서는 한 젊은 사나이의 뒤를 황급히 쫓아가서 붙들었어요.

"다 알아, 시계 내놔!"

어머니는 다짜고짜 소리쳤어요.

"이거 사람을 똑똑히 보고 말해!"

그는 어머니의 손을 홱 뿌리쳤어요.

어머니는 굴하지 않고 그 사나이의 허리춤을 붙들었어요.

"하여튼 파출소로 가아!"

어머니가 잡아끌 적에 다른 사나이가 나타나더니,

"여보시오, 사람을 어떻게 보고 이러는 거야."

기운깨나 씀직한 암팡진 사나이가 어머니의 손을 은근히 잡아 비틀었어요.

"내 눈으로 똑똑히 봤단 말이야."

어머니는 놓쳤던 허리춤을 다시 붙들었어요. 그러자 제3의 사나이가 어머니의 팔을 비틀더니 밀어젖혔어요. 어머니는 보도 위에 무릎을 꿇고 쓰러졌어요.

그리고 세 사나이는 태연히 사람 틈으로 사라지기 시작했어요. 구경하는 사람은 많았으나, 후환이 무서운지 아무도 어머니 편을 드는 사람이 없었어요.

어머니는 벌떡 일어나더니,

"동자야! 동자 어디 있니?"

하고 소리쳤어요.

나는 얌전하기 위해서 가만히 있었는데, 어머니가 부르는지라 급히 세 사나이의 뒤를 따라가서 어머니를 넘어뜨린 놈부터 당수로 한 대 갈겼어요.

"어유!"

하고 그 사나이는 비틀거리며 쓰러졌어요.

돌아보는 두 사나이를 하나는 메다꽂고 하나는 당수로 머리통을 쳐 주었더니, 그자도 고꾸라지고 말았어요.

그러자 마침 순시하던 사이드 카 두 대가 부르릉 하고 나타나서 세 명을 데리고 파출소로 끌고 갔어요.

그 중 한 놈의 몸에서 친구분의 시계가 나왔어요.

그 밖에 다른 물건도 많이 나왔으나 그건 알 바가 아니라 시계만 찾아 가지고 우리는 파출소를 나왔어요.

선물

마침 택시를 잡아 셋이서 타고 돌아오면서 어머니는 친구에게 내 자랑을 했어요.

"글쎄 우리 애가 유도가 몇 단, 당수가 몇 단이지 뭐야!"

아침에 상을 찡그리던 어머니가 지금은 대견해하겠지요. 친구 아줌마는 괴상한 동물이나 보듯이 내 얼굴을 자꾸 바라보았어요. 이마의 부상은 그 때문에 더 커지고 그 밖에 왼쪽 볼 광대뼈에 또 다른 상처가 생겼지 뭐야요.

집에 돌아오자 어머니는 아침에는 모른 척하더니 자기가 가서 반창고와 연고약을 사 와서 발라 주며,

"앞으로는 그런 일 안 하기로 하자!"

하며 웃었어요.

"어머니의 시계를 빼앗아 가는 놈이 있어도?"

"그래도 가만히 있거라. 이러다간 네 얼굴, 상처투성이가 되

겠다."

어머니는 정말 걱정하고 있었어요.

나로서는 내 얼굴에 눈곱만큼도 미련이 없는데, 어머니만은 소중히 여겨 주는 것이 은근히 고마웠어요.

그날 밤, 상현달은 상처난 내 얼굴에 고이 비치었어요. 언제나 다름없는 달의 표정에 나는 남에게 좀처럼 안 보이는 내 마음의 미소를 보냈어요.

그런데 좀 쓸쓸한 생각이 들기 시작했어요. 요즘 우주 과학이 발달하여 달에 사람이 갔다 오니 말이야요. 달도 이젠 내 것이 아니고 임자가 생긴 것만 같지 뭐야요.

이튿날 아침에 일어나서 거울을 보니 두 군데의 상처 때문에 얼굴은 일그러져 엉망이 되어 있었어요.

"아이고…… 얼굴이 말 아니구나?"

어머니도 자기 딸이지만, 내 얼굴이 몹시 궁상스럽게 보인다는 표정이지 뭐야요.

오늘은 진숙이도 안 올 거고, 가기 싫은 학교를 억지로 갔어요. 공부 시간에는 졸고 있었으니깐, 그 덕분에 얼굴 걱정은 안 했어요. 공부가 끝나고 집에 돌아가는 시간이 되자 좀 우울해졌어요. 일부러 남의 청소 당번을 가로맡아 청소를 해도 해는 아직 저물지가 않았어요.

하는 수 없이 덜레덜레 책가방을 들고 교문을 나서니, 저편에서 내 얼굴을 보고 웃는 남자의 얼굴이 있었어요. 나는 고개를 숙이고 걸었으므로 그 남자를 잘 보지 않았는데, 다시 보니 그레고리였어요.

미남자인 그가 날 보고 웃을 까닭은 만무할 것 같기에 뒤를 돌아보니 아무도 없었어요.

그는 내 앞으로 오더니,

"어제는 정말 용감했어요. 장충동 아저씨가 오늘 저녁에 또 한턱내시겠다고 내가 일부러 부르러 온 것이야요."

"나 안 가요."

나는 부상당한 두 상처를 보이기가 싫었어요.

"한턱내는 건 둘째고 아마 선물을 주실 모양이야요."

"선물도 일 없어요."

"그 집에서 동자를 수양딸로 삼겠다고 하던데요."

"그것도 싫어요. 나는 우리 어머니 하나로 만족해요."

"꼭 데리고 오라고 했는데 가십시다!"

그레고리는 픽 싹싹했어요.

남자한테서 싹싹하게 대접받은 것은 할아버지를 빼놓고는 처음인지라 내 마음은 끌리었어요. 우리는 약수동행 버스를 탔어요.

"나하고 프렌드가 되어 줄 수 없겠어요?"

버스에서 내려서 뚱보 아저씨네 집으로 가는 한적한 아스팔트 길에서 그레고리가 매력 있는 미소를 지으며 조용히 말하겠지요.

"난 남자 프렌드에 흥미 없어요."

속으로 싫지 않았지만 말은 이렇게 나왔어요.

"나는 그 댁과 친척같이 가까이 지내는 사이니깐, 동자가 수 양딸 되면 당연히 프렌드가 되어야 하거든요."

"……"

나는 대답하지 않고 걸으면서 생각하기를,

'지가 그렇지만 내 얼굴을 예쁘다 할 리는 없고, 진숙이를 보면 홀딱 반할 거야. 아마 진숙이 때문에 나하고 프렌드가 되겠다고 하는지 모르지.'

나는 내 일이 아니고 진숙이의 일을 염두에 두고 그에게 입을 열었어요.

"부자야요?"

"그 댁 부자구말구요, 수양딸 돼 둬요."

"아, 뚱보 아저씨 말구."

"그럼 누구네?"

"댁 말이에요."

"댁이라니?"

"유 말이야요."

"아하, 나요. 우리 집이 말이야요? 그건 왜 물으세요?"

"알고 싶어요."

"부자라면 부잘지도 모르지요."

그레고리는 좀 얼굴빛을 붉히며 말하겠지요.

'부자인 것을 밝히는 데 뽐내지 않고 수줍어하는 것은 그만큼 순진한 것이다.'

나는 이렇게 생각했어요.

'옳다. 그렇다면 진숙이와도 프렌드를 맺게 해야지!'

나는 나대로 이런 계획을 세우고 뚱보 아저씨네 집으로 갔어요.

뚱보 아저씨나 부인이나 얼굴의 두 상처를 모두 그날 밤 다친 줄 알고 퍽 미안해하였어요.

"상처 하나는 아니야요."

이렇게 말했으나 뚱보 아저씨는 듣지 않고 선물 상자를 나에게 주었어요.

꺼내 보니 팔목시계였어요.

내 시계는 수리하러 시계점에 맡겼기 때문에 내가 시계가 없는 줄 알았던가 봐요.

"저 시계 있어요."

"사양할 것 없이 받아 봐요."

부인은 못난 내 얼굴에 정다운 웃음을 흠뻑 보냈어요.

"저 혼자 공이 아니야요. 이분의 공이 더 클 거야요."

나는 그레고리를 가리키며 말했더니,

"저도 구두 한 켤레 선물 받았어요."

하고 그레고리가 말하겠지요. 문득 나는 진숙이 생각이 났어요. 선물 받은 시계를 진숙이에게 줄 마음으로,

"그 돈가방을 찾은 것은 제 힘보다 진숙이의 힘이 더 컸어요. 제가 도둑을 쫓아가는데 그 앞이 진숙이네 집이었어요. 진숙이가 어머니 병간호하느라고 안 자고 있다가 내다보고 뛰어나와 협력해 주었거든요."

나는 눈썹 하나 까딱 않고 태연히 거짓말을 했어요. 이런 거

짓말은 왜 술술 잘 나오는지 모르겠어요.

"어머, 그랬구먼 그래!"

부인은 곧이듣고 진숙이가 협력한 얘기를 자세히 묻기에 진숙이는 나보다도 유도와 당수가 한층 더 세다고 또 태연히 말했지요.

"그럼 진숙이한테도 뭘 선물해야겠군! 스커트 하나 사 줄까?"

부인이 말했어요.

"진숙이는 스커트가 많으니깐 돈으로 주시는 게 좋을 거야요."

돈이 아쉬운 진숙이를 생각하고 나는 이렇게 말했어요.

시계도 팔아서 진숙이에게 줄 생각을 하니 기뻤어요.

수양딸의 결연

아주머니는 미리 우리를 대접하려고 준비했던 양, 비싼 케이크며 과일을 잔뜩 내왔어요.

그레고리는 어서 들라고 권하는 아주머니 말에 네에 네에 대답만 하고 손을 움직이지 않았지만, 시장했던 나는 들란 말이 나오기 전에 금종이에 싼 케이크 하나를 집어 한입에 덜컥 집어 넣었어요.

입안이 터질 듯이 음식으로 꽉 찼지 뭐야요.

"아뿔싸……."

평소에 집에서 먹던 버릇이 그대로 나온 것이 후회됐으나, 입안의 것을 도로 꺼낼 수도 없고, 두 볼따귀가 바람 들어간 공같이 팽팽하게 부풀었지 뭐야요.

뚱보 아저씨는 일부러 시선을 돌리고 못 본 척하였으나 아주머니는 붕어 입이 되어 내 볼따귀를 멀끔히 바라보고 있었어요.

"아주머니, 음식 먹는 꼴 얌전치 못하다고 속으로 생각하시죠?"

나는 입안에 든 것을 식도로 모두 들여보낸 후 먼저 입을 떼었어요.

"저는 이렇게 먹지 않으면 먹는 것 같지가 않아요."

"좋구말구, 우리 집에서는 사양 안 해도 돼."

아주머니는 도리어 대견하다는 듯이 눈시울에 웃음을 띠었어요.

"동자 말이 옳아. 그저 마음 푹 놓고 음식을 먹어야 맛이 있지."

뚱보 아저씨도 이렇게 말하며 케이크를 집어 들더니 위로 향하여 입을 딱 벌리고는 혓바닥을 길쭉이 내밀고 한입에 넣었어요.

그레고리는 예복 입은 보이가 지켜 서 있는 일류 호텔에서 모양, 체면 차리고 점잖게 먹다가 우리가 그렇게 막 먹는 걸 본 다음부터는 그도 한입 가득히 넣고는 와자와자 먹기 시작했어요.

위가 나빠서 단 걸 잘 안 먹는 아주머니도 모두가 그와 같이 맛있게 먹는 걸 보자, 군침을 삼키며 케이크 하나를 입에 넣었어요.

"위가 나쁘다는 선입감을 쫓고, 아하, 이 케이크 맛있구나! 하고 먹으면 배탈도 안 나는 거요!"

뚱보 아저씨는 일부러 위 나쁜 아주머니를 고무하느라고 꿀 꺽꿀꺽 차를 마시고는 연달아 케이크를 집어 입에다 들이밀고는 와자와자.

나도 그 분위기에 이끌리어 맛있어 보이는 걸 집어서는 입안에 움켜 넣고, 입 가장자리에 묻은 크림을 손보다 빠른 혓바닥으로 쓱싹 거두어서 입안으로 안내했어요.

　우리 어머니는 이렇게 음식 먹는 걸 질색하였지만 새침둥이로 생긴 이 댁 아주머니는 좋아했어요. 그레고리는 아주머니가 좋아하는 기색에 반사되어 나에게 지지 않게 구강의 운동이 요란스러워졌어요.

　그러나 아주머니는 남자인 그레고리의 입에 대해서는 별로 흥미가 없고 주로 나에게 시선을 집중하고 있었어요.

　'정말 이 아주머니의 수양딸 될까 보다.'

　내가 속으로 생각했더니, 아주머니는,

　"동자, 오늘부터는 우리 수양딸이야. 그런 줄 알아…… 그렇죠."

하며 뚱보 씨를 돌아보았어요.

　"동자, 이의 없지?"

　뚱보 아저씨가 다짐을 하겠지요.

　"그렇지만 좀 미안해서……."

　나는 방바닥에 시선을 떨어뜨리고 말했어요.

　"미안하다니?"

　"얼굴이 못났으니 말이야!"

　"핫핫핫……."

　뚱보 아저씨가 속에서 우러나게 웃었어요.

　나는 뚱보 아저씨의 웃음소리가 나를 놀림감으로 삼고 있는 줄 알았어요.

"괜히 저를 놀리지 마시고, 예쁜 진숙이를 수양딸로 삼으세요. 나는 수양딸이 될 생각도 없어요."

"아니, 왜 동자의 얼굴이 못났단 말인가?"

부인이 정색하며 입을 열었어요.

"……그야, 미인은 아니지. 아주 예쁜 얼굴이라고야 할 수 없지만, 동자의 얼굴은 이상해. 처음에는 예쁘지 않게 보이더니, 하루 이틀 사귀는 동안에 누구의 얼굴보다 나는 좋아진걸……. 여보 안 그러우?"

부인은 남편을 째려보는 듯했어요.

"이봐, 동자. 내가 웃는 걸 오해하지 마라……. 웃는 까닭을 말할까?"

나는 귓전을 바짝 세우고 다음 말을 기대했어요.

"고슴도치도 제 얼굴을 못났다고 생각지는 않아. 그런데 동자는 자기 얼굴을 말끝마다 못났다니 웃는 거야……."

"그럼 제 얼굴이 잘났어요? 거짓말 마세요."

나는 잘났다는 것도 속이 들여다보여 기분이 나빴어요.

"그야, 미인은 아니지. 더 솔직히 말해서 과히 예쁜 얼굴은 못 되지."

"그러지 마시고 못났다고 분명히 말씀하세요. 까마귀보고 검다고 하는데 어때요?"

"핫핫핫……."

뚱보 아저씨는 절구통 같은 몸집 전체로 한바탕 웃더니,

"그럼 못났다고 하지. 그런데 아주머니 말마따나 처음보다는 둘째 번이, 둘째 번보다는 셋째 번이 차차 우리에겐 좋아졌거든! 우리 동자의 그 활발하고 소박한 성품이 매우 마음에 들었어. 사람의 성격이 좋으면 얼굴도 예뻐 보이거든! 오늘부터 우리 집 수양딸이니 그런 줄 알아."

아주머니는 찬장에서 포도주 병을 내오더니 세 개의 글라스에 부었어요.

그레고리의 것은 없었어요.

너무 갑작스런 것 같아서 나는 좀 어리둥절했어요.

"포도주 마시면 저는 여기서 살아야 하나요?"

"와 있어도 좋고 어머니 집에 있어도 좋아. 가끔 들리고, 자고 가고 싶으면 자고도 가고, 무슨 의논할 일 있으면 의논도 하고 그렇게 지내자는 거야……."

부인이 말하였어요.

결국 뚱보 아저씨네 집에 친척같이 드나들 수 있다는 것이었으므로 나는 포도주 잔을 들었어요.

뚱보 아저씨 내외분도 잔을 들었어요.

글라스에 입술을 댔을 때, 진숙이의 얼굴이 글라스 잔 위에 가득히 퍼졌어요.

'어려운 일을 의논해 줄 사람이 필요한 것은 나보다도 진숙인데, 진숙이가 이 술잔을 들었어야 할걸. 나야 걱정이 얼굴 못난 건데, 못난 얼굴 의논한다고 예뻐질 리 없구.'

이렇게 생각한 나는 입에서 술잔을 떼고 말했어요.

"아무리 생각해도 저보다 공부도 잘하고 얼굴도 남보다 예쁘고 성격도 고운 진숙이가 아저씨나 아주머니에게도 보람이 있을 거예요."

"우린 동자에게 신세를 졌고, 정도 들었으니 딴소리는 하지 않기."

아주머니는 자르듯이 말했어요. 다음 뚱보 아저씨의 말은 나에게 희망을 주었어요.

"동자는 진숙이하고 퍽 친한가 보지! 차차 진숙이도 사귀어

보고, 성격도 알고 정이 들면 수양딸로 삼아도 좋아. 수양딸이
란 단수라야 한다는 법은 없으니까."

뚱보 아저씨는 아주머니의 기색을 살피듯이 돌아보았어요.
아주머니도 과히 반대는 아니란 듯이 고개를 끄덕했어요.

나는 달콤하고도 신맛이 도는 포도주를 뚱보 내외분과 함께
마시었어요.

마시기 전에는 좀 이상하더니 마시고 나니 아무렇지도 않았
어요. 변화가 있다면 뚱보 아저씨와 아주머니 이 두 사람과 나
의 거리가 퍽 가까워진 거였어요.

'이젠 어머니한테 욕먹었을 때 뛰쳐나와도 잘 데가 있고, 밥
먹을 데도 있으니 됐다.'

이 생각을 하니 조금 통쾌했어요.

9시쯤 그 집을 나설 적에 뚱보 아저씨가 아버지 어머니라고
한번 불러 보라지 않겠어요.

한 번도 불러 본 일이 없던 아버지란 단어는 목구멍 깊숙이
갇힌 것만 같고 나오지가 않았어요.

어머니, 이 단어는 아침저녁으로 입에 오르내린 매우 익숙한
것이었지만, 시커므작하고 수다스런 어머니의 얼굴과 연결되어
있었고, 살결이 희고 화사한 몸집을 한 이 댁 아주머니한테는
좀처럼 밀착이 되지 않았어요.

"파더, 머더, 안녕히 계세요."

하고는 뒤도 돌아보지 않고 급히 밖으로 뛰쳐나와 버렸어요.

그레고리가 따라 나오더니 우리 집까지 바래다주겠노라고

하겠지요.

바지 씨한테서 그러한 친절을 받아 보기는 나로서는 처음인지라 일순 등허리가 쩌릿하였어요.

그는 내 옆에 나란히 따라오며 이런 말을 하였어요.

"미스 남궁이 그 댁의 수양딸이 된 건 말이야요. 그만큼 나하고도 가까워진 것을 의미하거든요. 어째서 그러냐 하면 나는 아저씨와 아주머니를 늘 속으로 부모같이 생각하고 있었거든요."

"댁은 부모가 안 계시나요?"

"어머니는 없어요."

"아버지는?"

"있긴 있지만, 늘 앓고 있기 때문에 없는 거나 일반이죠."

"그럼 그 댁 수양아들이 되시지 그러세요?"

"그 댁에서 말만 나오면 나는 두말 않고 얼른 오케이할 생각이죠."

"그럼 댁과 나는 의남매가 되겠군요?"

"그렇지요."

가로등에 비친 그의 얼굴을 힐끗 보니 히죽히죽 웃고 있었어요.

또 한 번 이상하게도 내 등허리가 쩌릿해졌어요.

신문파는 아이

그러나 나는 한편으로 그의 웃음을 과히 신용하지는 않았어요.

'내 얼굴에 반할 까닭은 없을 거고, 무슨 까닭으로 그는 기분이 좋을까?'

나는 매우 의심스러웠어요.

"어린애가 아니니까 혼자서 갈 수 있으니 어서 가세요."

나는 말했어요.

"그래서 바래다드린다는 건 아니야요. 서로 가까운 사이에 얘기 좀 합시다!"

하고 그는 내 옆으로 다가왔어요.

그와 잠시 걷는 동안 문득 나는 언젠가 어머니가 하시던 말이 머리에 떠올랐어요.

'동자야, 얼굴 못났다고 비관할 건 없다. 제 눈에 안경이라고, 네 얼굴도 예쁘다고 좋다 할 신랑이 이담에 나타날지도 모

르는 거다.'

밝은 데로 왔을 때, 나는 그레고리의 두 눈을 말끄러미 보았어요. 나를 예쁘다고 보는 눈이라면 그 눈은 삐었으리라고 생각했어요. 그레고리의 눈동자는 좀 오락가락하며 안정성이 없었어요.

'이 남자, 정말 눈이 좀 비뚤어졌나 보다!'

나는 속으로 생각했어요.

그러구 보니 우리 아버지도 우리 어머니를 그 많은 여성 중에서 결혼 상대로 골랐으니, 눈이 좀 삐지 않았나 하는 생각이 들었어요. 나같이 못난 얼굴을 위해서 조물주께서는 가끔 눈이 삐뚤어진 남자를 만드셨는지도 모른다고 나는 생각해 보았어요.

절반쯤 왔을 때,

"진숙이네 집은 어디지요?"

하고 묻기에,

"우리 집 근처야요."

무심코 대답했더니,

"지금 같이 만나서 과자나 먹읍시다……."

가만히 귀를 기울이니 그레고리는 진숙이 얘기만 열심히 묻지 않겠어요. 그는 나를 다리 삼아 진숙이를 사귀려는 의도가 분명했어요.

나는 몇 발자국 걷다가,

"나 볼일이 있으니 먼저 가 봐요."

하고 달음질쳤어요.

"진숙이네 집이 어디지요. 가르쳐 주고 가요!"

그는 뒤에서 소리쳤으나 나는 못 들은 척하고 냅다 뛰었어요. 얼마쯤 가다가 뒤를 돌아보니 그레고리는 돌아간 양 안 보였어요.

나는 걸음을 늦추고 천천히 걸었어요. 그레고리 때문에 진숙이에게 대해서 질투심 같은 걸 느낀 나 자신이 들여다보였어요.

"바보……."

나는 나 자신을 나무랐어요. 어쩐지 진숙이한테 미안한 생각이 치밀었어요.

나는 거기서 발길을 돌려 총총걸음으로 한길로 갔어요. 수리를 맡긴 시계점에 들어가서 선물 받은 시계를 얼마에 사겠느냐고 물었더니 2천 원을 주겠다고 하였어요. 좀더 내라고 했더니 시계 수리비를 면제해 주겠다고 하길래 그걸로 타협을 하고 돈을 받아 쥐고는 그길로 총총걸음으로 진숙이네 집으로 갔어요.

진숙이는 어머니가 오늘 아침에 입원비 때문에 더 있지를 못하고 퇴원을 했고, 충청도의 외삼촌 댁에 돈을 얻으러 갔던 일도 허사였다고 하며, 그 얼굴은 그늘이 자욱했어요.

나는 시계 판 돈 2천 원을 진숙이의 손에 쥐어 주었어요.

"얼마 되지 않아 미안하다."

진숙이는 푼돈인 줄 알고 받아 보다가 깜짝 놀랐어요.

"이렇게 많이?…… 웬 돈이니?"

"내가 번 돈이야."

"뭘 해서?"

158

"뚱보 아저씨네 집 도둑 잡아 준 사례로 받은 거지."

진숙이는 내 손을 꼭 붙들고 감사의 뜻을 못 이겨 했어요.

그러한 진숙이를 보니 부잣집 아들인 듯한 그레고리에게 집을 가르쳐 주지 않은 것이 후회가 되었어요.

"진숙아, 그레고리가 너의 집을 가르쳐 달라고 하더라."

"그래 가르쳐 주었니?"

진숙이는 매우 당혹해했어요.

"아니."

"잘했다. 가르쳐 주지 마."

"왜?"

"누추한 우리 집, 보이고 싶지 않아."

진숙이네 먼저 살던 집은 조그맣지만 아담한 한옥이었으나, 반년 전에 그 집을 팔고 근방 산동네 판자촌의 허름한 집으로 이사를 했는데, 그것이 지금 사는 집이었어요.

"어떠니! 사람이 문제지 집이 문제니?"

"싫어……."

진숙이는 강하게 고개를 저었어요.

"그레고리는 너하고 프렌드가 퍽 되고 싶어 하더라."

"……"

진숙이는 짐작할 수 없는 침묵을 지키었어요.

나는 화제를 돌렸어요.

"참, 나 수양딸 됐어."

"뚱보 아저씨?"

"음, 너도 수양딸 삼겠대."

"……."

"그리고 너에게도 아마 돈을 사례하실 거야."

"내가 도둑 잡는 데 협력도 안 했는데."

"한 척하고 돈 주거든 받아."

"싫어. 비록 가난할망정 양심에 어긋나는 돈을 받고 싶지 않아."

"어때, 궁할 땐데?"

"……나 죽고 싶은 생각밖에 없어!"

"그런 말 하지 마아."

"오빠는 요양소에 있고 어머니도 저 모양이고, 앞일이 캄캄해. 나에게는 언제나 밤이야. 낮이 없어."

"어디 가서 맛있는 거나 먹자."

나는 진숙이를 끌어내어 빵집으로 데려갔어요. 나는 진숙이에게 먹기 싫다고 할 때까지 실컷 먹였어요.

나도 살기 싫은 때가 언젠가 있었는데, 잔칫집에 가서 음식을 잔뜩 먹었더니 그런 하찮은 생각은 금방 사라진 경험이 있었어요.

진숙이도 배가 부르자 그 얼굴에 밝은 빛이 돌았어요.

"죽고 싶거든 빵 가게로 오너라."

나는 말했어요.

"빵 사 먹을 돈이나 있니?"

"빵 살 돈은 내가 내지."

진숙이도 웃었어요.

이튿날 학교서 만난 아침의 진숙이의 얼굴은 명랑했었는데, 방과 무렵이 되자, 또 죽고 싶다는 그 얼굴이 되었어요.

점심은 같이 먹었는데 웬일인가 싶었어요. 알고 보니 진숙이는 어젯밤에 너무 빵을 많이 먹어 그게 체해서 오늘부터 설사를 여러 번 했던 거야요.

의무실에 데려가서 구와니진 _{소화제의 하나} 을 얻어먹이고 교무실 앞을 지날 때 담임 선생이,

"속달이다——."

하며 편지 한 통을 나에게 내주셨어요.

머더한테서 온 건데, 진숙이에게도 선물을 줄 테니 오늘 저녁에 같이 데리고 오라는 거였어요.

진숙이는 보더니 쓴웃음을 담고 겸연쩍어하는 걸 겨우겨우 동의를 얻어 같이 가기로 했어요.

약수동 가는 버스를 타기 위해서 신문사 앞까지 걸어왔을 때였어요.

마침 석간신문이 나와서 가두판매하는 신문팔이 아이들이 신문사 앞에서 개미 떼 모양 한길로 흩어지기 시작했어요. 마침 달려오던 검정 지프에 열대여섯 살쯤 되어 보이는 사내 아이 신문 장수가 부딪혔어요. 다행히 차는 급정거를 하였고, 아이는 날쌔게 피했으므로 정면으로 깔리지는 않고 도어 모서리에 머리가 부딪혀 뒤로 나자빠졌어요. 신문은 사방에 흩어졌어요.

그 사고는 길을 건너려는 바로 우리 앞에서 일어났어요. 넘

어졌던 신문팔이 아이는 잠시 멍하니 넘어져 있었는데 순간, 길 가던 사람들은 걸음을 멈추고 순식간에 많은 사람들이 그 아이를 둘러쌌어요.

그 아이는 갑자기 벌떡 일어나더니 흩어진 신문을 줍기 시작했어요.

운전수와 여러 사람들이 그 아이보고 병원에 가자고 차에 타라고 하니 그는 싫다고 고개를 저었어요.

"병원에 가야 한다……."

한 신사가 걱정스럽게 말했어요.

"병원에 가면 신문을 못 판단 말이야요."

이게 그 아이의 대답이었어요.

사람들은 그 아이를 병원에 데려가서 혹시 다친 데가 없나 진찰을 받도록 하려고 애를 썼으나, 그 아이는 사람들을 뿌리치며 하는 말이,

"신문 못 팔면 야단나요. 신문을 팔아 저녁 끓일 쌀을 사 가지고 가야 해요."

소년은 사람의 둘레를 뚫고 길을 건너 내빼고 말았어요.

사람들이 모두 흩어져 버린 뒤에도 진숙이는 멍하니 소년의 사라진 저편 길목을 바라보고 있었어요.

"쟤도 우리와 같은 나이인데 저렇게도 살라고 애를 쓰지." 하며, 진숙이의 커다란 두 눈에는 눈물이 맺히었어요.

약수동 가는 버스에 올라탔을 때, 진숙이는 예쁘장한 아랫입술을 질끈 깨물고는 아직도 그 소년의 일을 생각하고 있었어요.

나도 말같이 기다란 그 소년의 얼굴이 눈에 아른거리었어요.

"굳센 것을 그 아이에게 배워야겠지."

진숙이는 혼잣말 비슷이 중얼거렸어요.

나는 기뻤어요. 진숙이의 그 말과 그 표정이!

"언젠가 그 아이 만나면 공책과 연필을 선물해 주어야지."

진숙이는 눈을 크게 뜨고 나를 바라보았어요.

약수동에서 버스를 내려 뚱보 아저씨네 집으로 갈 적의 진숙이의 걸음은 학교에서 나올 때보다 활기가 있었어요. 얼굴은 비록 노랬지만……

명랑해진 진숙이

뚱보네 집 앞에 이르자 진숙이는 석고같이 예쁘게 다듬어진 콧등에 주름을 잡고 주춤했어요.

"왜?"

나는 한 손으로는 진숙이의 손을 잡아끌며 다른 한 손은 초인종이 달린 대문 틈 사이로 뻗었어요.

초인종 단추에 손이 닿으려고 할 때, 진숙이는 강하게 내 팔을 잡아끌었어요.

"쑥스런 짓 나 못해!"

진숙이는 고개를 도레도레 흔들었어요.

"들어가서 가만히 앉아 있으면 되는 거야!"

"뚱보 씨가 물으면 뭐라고 내가 말하니?"

"말은 내가 할게. 너는 싱긋이 웃고만 있으면 돼!"

"묻은 말에 대답 않는 것도 우습지 않니?"

"그럼 예스라고 대답해!"

"내가 하지도 않은 일을 한 척하고 인사를 받는 건 사기 행위지 뭐니?"

"그렇지만 우리에게는 돈이 필요하지 않니?"

"가난하지만 비굴해지고 싶진 않아."

진숙이는 조그마한 입술을 조개껍데기같이 야무지게 다물었어요. 그 모양을 보니 나는 더 말이 안 나왔어요.

진숙이의 그런 깜찍스러운 데가 나는 좋았어요. 그러나 뚱보씨 내외분은 진숙이가 도둑 잡는 데 협력을 한 줄로 알고 진숙이에게도 인사를 하겠다고 하는데, 그냥 돌아서는 것도 미안한 생각이 들었어요. 보통 이런 경우에 진숙이는 확 돌아서 버리는데, 그래도 발이 떨어지지 않고 서 있는 걸 보니 미련도 없지 않아 있는 것 같았어요.

아마 진숙이의 마음속에서는 염치 불구하고 들어갈까, 염치를 지킬까, 이 두 생각이 서로 맞서서 줄타기를 하고 있나 봐요.

양쪽 힘이 엇비슷한 것 같았어요.

나는 진숙이의 염치를 누구보다도 아끼지만 오늘의 이 경우만은 염치 불구 쪽으로 가세(加勢)하도록 결심했어요. 진숙이네 집 사정은 염치를 내세우기에는 너무도 경제적으로 고통을 당하고 있었으니깐요.

"진숙아!"

나는 여느 때보다 볼륨을 높여 말했어요.

"내가 도둑에게서 돈을 찾은 것은 정말 네 덕분이야. 네 생각

을 했기 때문에 그런 용기가 나온 거다! 그러니 네가 협력한 거
나 다름없는 거야."

평시의 나의 말솜씨는 병난 하모니카 소리인데, 이때만은 능
숙한 플레이어의 트럼펫같이 미끈하게 울렸어요. 이윽고 내가
초인종을 눌렀는데 진숙이는 가만히 있었어요.

뚱보 씨 내외분은 다정한 얼굴로 우리 둘을 맞이하여 주었어요.

나를 보는 두 분의 눈 표정은, 내가 그들의 수양딸이라는 의
식이 엿보였어요. 그래서 나도 제법 그 집의 딸처럼 주인 행세

를 하였어요. 머뭇거리는 진숙이의 등허리를 잡아 밀고 안방으로 들어섰어요.

머더는 홍차와 과자를 날라 오고, 파더인 뚱보 씨는,

"다친 데는 없어?"

하고 진숙이의 몸을 살피면서 물었어요. 진숙이는 얼핏 그게 무슨 뜻인지 몰라 때꾼한 눈을 치떴어요.

"도둑 잡던 날 밤 말이야!"

나는 급히 설명을 했어요.

진숙이는 겸연쩍은 얼굴이 되어 고개를 숙이고 조그맣게,

"아니요."

하고 대답했어요.

"볼상은 그렇지 않은데, 그런 용기가 어디서 났지!"

머더는 진숙이의 숙인 얼굴을 들여다보았어요.

"진숙이도 동자 모양 유도와 당수를 하나?"

이번에는 뚱보 파더가 물었어요.

진숙이는 상기된 얼굴을 한 번 들었을 뿐 한마디도 말을 못했어요.

"진숙이는 굵은 막대기를 들고 나와서 나에게 칼을 들고 덤비는 도둑의 손목을 후려쳤거든요. 그 바람에 도둑은 칼을 떨어뜨렸어요. 그 틈에 제가 도둑에게서 돈가방을 뺏어 들어 가지고 내뺀 거예요."

이 말도 내 입에서 거침없이 술술 나왔어요.

뚱보 씨 내외분은 더 자세히 듣고픈 얼굴로 도둑이 두 놈인

데, 다른 한 놈이 덤벼들지 않더냐, 어떻게 다치지 않고 무사했
는가 물었어요.

진숙이는 뭐라고 한마디 대답을 해야 할 처지가 되었어요.

진숙이의 조그만 입은 말을 만들어 보려고 애를 썼으나 거짓
말을 못하는 진숙이의 성미로써는 도저히 말이 안 되는가 봐요.
하얀 목젖이 두어 번 불룩거리다가 다시 고개가 수그러지고 말
았어요.

"진숙인요……."

나는 곧 구원의 손길을 뻗쳤어요.

"진숙인요…… 그런 일을 여자답지 않은 거라고 퍽 부끄러
워하고 있어요."

머더는 미리 준비해 두었던 돈이 든 봉투를 장롱 서랍에서
꺼내더니,

"스커트라도 사 줄까 했는데, 동자 말이 스커트는 진숙이가
많다지? 돈을 줘 사고픈 걸 사게 하는 게 좋을 거라고, 그래서
돈을 조금 꾸렸어."

하며 진숙이의 무릎 위에 놓았어요. 봉투의 부피로 보아 백 원
짜리로 한 2천 원 되는 것 같았어요.

진숙이는 난처한 얼굴을 들더니 나를 보았어요.

'아무 소리 말고 받아 넣어라.'

나는 눈으로 이렇게 신호를 보냈어요.

진숙이의 손은 잠시 후, 돈 봉투를 집었어요. 책가방 속에 챙
기나 했더니 아주머니 앞에 내밀었어요.

"저는 이런 인사를 받을 일을 못 했어요. 돈가방을 찾아낸 건 동자 혼자의 힘이었어요⋯⋯."

"⋯⋯."

방 안에는 잠시 침묵이 흘렀어요. 그 침묵을 견디지 못하겠다는 듯이 진숙이는 빠른 동작으로 일어나더니,

"안녕히 계세요."

하고 미닫이 밖으로 몸이 빠져 나갔어요.

너무 갑작스런 동작이라 우리는 멍하니 잠시 그대로 있었어요. 이윽고 내가 뒤를 쫓아 현관에 나가 보니 진숙이는 재빠르게 운동화를 신고 대문으로 사라지고 있었어요.

"진숙아……."

대답 대신 대문 소리와 함께 진숙이는 밖으로 자취를 감추고 말았어요.

내가 꾸민 연극은 진숙이의 이런 행위로 산산이 깨지고 말았지 뭐야요.

수양딸이 되자마자 나는 양부모인 뚱보 씨 내외분에게 거짓말을 하였으니 나도 이대로 내빼고 싶은 생각이 들었어요.

그런데 현관에 나온 뚱보 씨 내외분의 얼굴은 뜻밖에도 웃고 있었어요.

나는 안 보이는 운동화 한 짝을 찾느라고 엎드려 있는데,

"왜 동자도 갈라구? 들어와, 우리도 짐작한 일이었어."

머더는 옥타브를 높여 웃었어요.

"머더, 미안해요."

나는 사과를 했어요.

"동자의 우정을 알고 있었어. 진숙이가 가난하지만 깨끗한 성격을 가진 것도 좋았어. 이 돈 2천 원은 학비에 보태 쓰라고 갖다 줘."

머더는 봉투를 나의 손에 쥐어 주었어요.

나는 진숙이가 스커트가 많다고 부잣집인 것같이 말했으므로 쑥스러워서 주는 돈도 못 받고 우두커니 머더를 바라보았어요.

"어제 내가 담임 선생을 만나서 동자와 진숙이 얘기를 들었어. 그래서 둘의 우정을 알고 있지."

뚱보 아저씨가 두툼한 입술에 웃음을 담고 말했어요.

"저희들을 이해해 주시겠어요?"

나는 머더와 파더의 얼굴을 번갈아 보며 말했어요.

두 고개가 동시에 앞으로 끄덕했어요.

나는 봉투를 받아 가지고 인사를 하고는 그 집을 뛰쳐나왔어요. 진숙이는 땅거미 진 버스 정류장 앞에, 검은 그림자가 되어 혼자 서 있었어요.

나는 진숙이에게 돈 봉투를 쥐어 주며 머더와 파더가 했던 말을 전했어요. 그 말을 들은 진숙이의 두 눈은 저녁 놀 속에 불이 켜진 듯이 빛이 났어요.

"꿈만 같애, 너무도 뜻밖이라……."

버스 속에서 진숙이는 현실을 다짐해 보는 듯이 말했어요. 분명히 흔들리는 버스의 요동과 엔진 소리를 확인하고, 진숙이의 얼굴은 요사이 보지 못하던 밝은 표정이었어요.

그 후, 며칠 사이에 진숙이는 죽고 싶다던 검은 그림자를 얼굴에서 깨끗이 씻고, 제비같이 활발해졌어요.

그간 외삼촌한테서 얼마간의 돈이 부쳐져 왔고, 어머니도 다시 양장점에 나가기로 되었어요. 나쁜 일만 한때 계속되던 것이 이번에는 기쁜 일들이 짝을 지어 찾아왔던 거야요.

이제 우리들이 정복해야 할 목표는 고교 입시라는 고지(高地)였어요.

"동자야, 낙오하면 안 돼. 모르는 거 있으면 내게 물어."

진숙이는 언니같이 되어 방과 후에는 학교 도서실로 내 손을 잡아끌었어요. 도서실에만 들어가면 잠이 오기 때문에 나는 잘 안 가는데, 진숙이가 잡아끄는 바람에 따라 들어가서 마주 앉았어요. 도서실 안을 훑어보니, 평소에 놀기 좋아하던 게으름쟁이들의 눈들도 책 위에 집중하고 있었어요.

"동자야, 이 문제, 한번 풀어봐."

진숙이는 기하 문제 하나를 가리켰어요.

문제를 풀려고 노트를 꺼냈으나 도서실의 분위기가 어쩐지 내 기분에 맞지를 않아 머리가 돌지를 않았어요.

그래서 눈을 감고 가만히 있었더니,

"동자야, 시간은 황금이다. 졸면 안 돼."

하고 진숙이가 걱정이 되어 나를 흔들었어요.

"눈을 감고 풀어 볼게."

진숙이는 자기 공부를 잠시 중지하고 나를 지켜보고 있는 것을 눈을 감고도 느꼈어요. 눈을 감으니 비로소 내 정신은 집중이 되어 까다롭던 문제의 마디마디가 풀리었어요.

"얘, 조는 게 아니니?"

진숙이가 걱정이 되어 다시 나를 흔들었어요. 나는 노트 위에다 계산과 답을 썼어요. 맞는지 안 맞는지는 몰라도 내 딴에는 풀었어요.

"맞았어. 어쩌면!"

진숙이는 한편 놀라며 좋아라 했어요.

172

그린색 지붕

우리는 그 후도 계속해서 시한(時限)인 10시까지 도서실에
틀어박혔어요. 진숙이는 나를 위해 더 신경을 썼어요.

이제는 진숙이도 내 습성을 알기 때문에 문제를 풀기 위해서
조는 시늉을 하고 있는 나를 미소로 지켜보고 있었어요.

시험이 닷새 후로 다가든 날 오후, 여느 때와 같이 나는 진숙
이가 내준 대수 문제를 생각하며 꾸벅꾸벅 졸고 있을 때 털거덕
털거덕 슬리퍼 소리가 우리 옆으로 다가왔어요. 눈을 뜨지 않아
도 그것이 '에이트'라는 걸 알고 있었어요.

에이트는 독서실을 관리하는 서무과 직원의 별명이에요. 보
통 사람보다 목 하나는 큰 킨데, 몸집과는 딴판으로 신경은 레
이더 장치만큼 날카로워요. 연필 깎는 소리가 조금 커도, 말소
리가 조금 커도, 그의 기다란 눈썹은 성난 호랑이같이 날카로워
지는 거예요. 그래서 그의 풀 네임은, '걱정도 팔자'야요. 생략

해서 '팔자', 즉 '에이트'예요.

에이트는 남의 일에는 신경과민이지만 자기 자신의 일에는 신경이 둔한 사람이에요. 왜냐하면 남의 발자국 소리는 시끄럽다 하면서 그의 슬리퍼 끄는 소리는 마치 모터의 벨트 줄이 돌아가듯이 요란스럽거든요.

슬리퍼 소리는 우리 앞에서 멎었어요.

"김진숙이가 누구지?"

"전데요……."

그 바람에 나는 실눈을 가느다랗게 떠 보았어요. 에이트는 진숙이를 찾은 용건은 젖혀 놓고 한심스런 표정으로 엉뚱하게 내 얼굴을 보고 있었어요.

"아니, 도서실에 잠자러 왔나?"

나는 그 소리가 듣기 싫어 일부러 다시 눈을 감았어요.

"꼴 보니, 고등학교는 첫째로 들어가겠군."

그는 말 없는 내 얼굴을 향해 이런 비평을 하고 있었어요.

"저를 왜 찾으세요!"

진숙이는 무슨 용건인가 궁금해서 물었어요. 에이트는 진숙이에게는 대답도 않고 내 못난 얼굴을 유심히 보더니,

"농구부 주장 남궁동자 아닌가!"

하고 말했어요.

진숙이가 그렇다고 하니까, 에이트는 딥다 나를 깨웠어요.

"동자, 고교에 패스해야 할 거 아냐. 동자가 없으면 우리 학교 농구는 약해질 거야. 자지 말고 공부해."

아까와는 딴판으로 이번의 그의 말은 퍽 다정스러웠어요.

그의 입을 봉하기 위해서 나는 대꾸 대신 교과서 위에 시선을 떨어뜨렸어요.

"옳지, 공부를 해야지."

그제서야 그는 진숙일 돌아보면서 용건을 끄집어냈어요.

"면회야."

"누굴까?"

진숙이뿐만 아니라 나도 궁금했어요.

"오빠가 왔어."

에이트는 저편 구석 좌석에서 소곤거리고 웃고 있는 학생을 보고 사나운 얼굴이 되어 그쪽으로 갔어요.

"오빠가 요양소에서 갑자기 돌아올 리는 만무한데……."

진숙이를 따라 나도 함께 도서실 밖으로 나가 보았더니 그레고리가 비죽이 웃으며 서 있었어요.

"껑다리 씨가 어떠한 관계냐고 꼬치꼬치 묻기에 오빠라고 그랬죠. 그래야 면회를 시켜 줄 것 같아서……."

그레고리는 마치 우리와 절친한 사이같이 말을 이었어요.

"……사실 나는 미스 진숙이를 처음 만났을 때부터 오빠 같은 기분이 들었거든요. 고교 입시가 며칠 안 남아서 파는 중이죠? 알아요. 내가 찾아온 건 딴 게 아니야요. 내가 영·수에 관해서 총정리를 도와줄까 하고요."

진숙이는 처음에는 조금 못마땅한 표정이었는데, 지금은 구김살 없이 웃으며 나를 힐끗 보았어요.

"감사합니다. 부탁드립니다."

진숙이의 이 말이 나에게는 좀 의외였어요. 진숙이 자신은 이미 남의 도움이 필요치 않았어요.

'그레고리와 사귀기 위해서인가.'

나는 혼자 이렇게 생각했어요.

"미스 진숙이네 집에서, 매일 저녁 어떠세요?"

그레고리의 말이었어요.

진숙이는 곤란한 기색이 되었어요.

"저의 집에서는 안 돼요."

"왜요?"

"동자네 집에서 하는 게 좋아요."

진숙이는 나의 동의를 구하며 나를 돌아보았어요.

"진숙이네 집은 지금 수리 중이기 때문에, 우리 집에서 합시다."

내가 말했어요.

"아하, 집 수리를 하시는군?"

그레고리는 그제서야 겨우 납득이 간다는 듯이, 내일 만날 시간을 정하고 떠났어요.

"동자, 잘됐어."

진숙이는 기뻐했어요.

"……나는 아무래도 동자 네가 좀 걱정이야. 너를 중심으로 가르쳐 달라고 내가 말할 테야."

"나 때문에?"

"그럼."

그레고리 자신은 나를 무시했지만, 진숙이의 마음씨만은 마치 아이스크림이 식도로 흘러갈 때의 짜릿하고 시원한 맛을 내 몸에 느끼게 했어요.

진숙이는 도서실 앞에서 그레고리의 뒷모양을 한참 동안 바라보더니,

"……머리도 좋은가 봐. 실력이 있기에 고교 입시를 보아 주겠다고 하지 않니? 대개 실력이 있으면, 체격이 보잘것없거나, 얼굴이 보잘것없는데, 그레고리는 다 갖췄지?"
하고 말했어요.

"집도 부자라나 봐. 그리고 외아들인가 봐."

내가 이렇게 말하자 진숙이는 열심히 귀를 기울이는 표정이었어요.

"그렇지만 우리 집은 가르쳐 줄 수 없어, 절대로. 거지같이 사는 거 뭐."

진숙이의 빛나던 눈이 시그름하니 그늘지기 시작했어요.

나는 이때, 진숙이를 위해서 한 궁리를 했어요.

도서실에 돌아온 나는 그 궁리를 하며 꾸벅꾸벅 졸았어요.

그리고 8시부터 10시 사이에는 열심히 수학 문제를 졸면서 풀었어요.

"참, 딱한 일이야. 자려거든 집에서 자지 도서실에는 왜 온담."

우리가 도서실을 나설 적에 에이트가 한숨을 섞어 중얼거리며 내 얼굴을 보았어요.

이튿날 저녁, 나는 어머니와 할아버지에게 그레고리 얘기를 하고 약속 시간인 7시보다 10분쯤 앞서서 문간에 나가서 기다렸어요.

진숙이가 오기 전에 그레고리가 먼저 나타났어요.

"미스 진숙이는 왔나요?"

그레고리는 내 얼굴을 보자 이렇게 물었어요.

"아니요."

"진숙 씨네 집은 어디죠?"

그는 우리 집에는 하등 관심이 없었어요.

나는 어제 도서실에서 미리 궁리해 둔 대로 선뜻 한군데를 가리켰어요.

그 일대는 새로 지은 이층 양옥들이 가지각색으로 울긋불긋 아담스런 색깔을 수놓고 있는 주택촌이었어요.

　진숙이네 판잣집이 있는 빈촌은 반대편 산 언덕배기인데, 나
는 일부로 그쪽은 눈도 주지 않았어요.
　"저거야요. 베란다가 있는 이층집."
　"그린색 지붕 말인가 봐."
　"네에."
　그 집은 나의 고모가 사는 집이었어요.
　급하면 진숙이를 데리고 그 집에 갈 수도 있다고 나는 생각
했어요.
　"아하, 저 집이군요."
하고 그 집을 바라보았어요.

그레고리 혼자서 그 집을 찾아갈지도 모를 일이기 때문에,

"……근데 저 집은 지금 전세를 주었어요."

하고 예방선을 쳤어요.

"그럼 양친은 어디서 사나요?"

"아버지는 안 계시고 어머니가 계신데, 시골서 과수원을 하시기 때문에 시골에 가 계시거든요."

"그럼 미스 진숙은 어디서 사나요?"

"그 집에서 잘 때도 있고 우리 집에서 잘 때도 있고, 또 자기 고모 댁에서 자기도 해요."

"고모네 집은 어딘가요?"

그레고리는 자기가 예상한 대로라는 표정이었어요.

"고모 댁은 여기서 멀어요."

"어느 집에 요새는 있나요?"

"요새는 자기 집에 있지만, 그곳에서 기분이 변하면 딴 데 가서 자요."

문간에서 이런 이야기를 하고 있는 동안에 진숙이가 책가방을 들고 나타났어요.

"나 미스 진숙이 집 알았어요."

그레고리는 나의 존재는 완전히 무시하고 진숙이 앞으로 가서 다정히 말을 걸었어요.

"어머."

진숙이의 얼굴에는 검은빛이 싹 스쳤어요.

그레고리는 그걸 깨닫지 못하고,

"저 그린색 지붕이죠?"

하고 우리 고모 댁을 가리켰어요.

진숙이는 어이가 없어, 한 손바닥으로 입을 막으며 눈만 깜박 나를 바라보았어요.

나는 그 진숙이의 옆구릴 꾹 찔렀어요.

"너의 집이지만, 지금은 전세를 주고 거기서 하숙하고 있는 것까지 얘기했다. 어머니는 시골서 과수원 때문에 바쁘시단 얘기도 했어. 그리고 기분이 바뀌는 대로 우리 집에서 자기도 하고 또 상도동에 있는 너의 고모 집에서 잔다는 이야기도 했다."

나는 진숙이의 입을 봉하기 위해서 얼른 둘을 우리 집으로 데리고 들어갔어요.

"왜 그런 거짓말을 했니?"

그레고리를 공부방에 안내한 뒤 진숙이와 단둘이 밖에 있을 때 진숙이가 나무라듯이 말했어요.

"판잣집을 가르쳐 주는 건 죽기보다 싫어하지 않니?"

진숙이는 어쩔 줄을 몰라 눈동자만 깜박거리고 있었어요.

"내가 말한 대로 그렇게 말하렴. 나중에 너의 집 알게 되거든 과수원이 실패해서 그랬다고 둘러대렴. 세상은 거짓말도 좀 해가며, 연극도 해 가며 사는 게 재미있지 않니?"

내 말에 진숙이도 웃었으며, 명랑한 표정으로 우리는 공부방으로 들어갔어요.

꾸어 온 보릿자루

그레고리는 영어 공부를 먼저 시작하자고 말했는데, 나는 대수책을 꺼냈어요. 도서실에서 못다 푼 문제들이 있었으므로 그걸 마저 풀고 싶었어요.

"동자야, 영어래."

진숙이는 말했으나, 나는 그대로 대수책을 들고 있었어요. 수학 문제에 한해서는 예정한 문제들을 풀어 버리지 않으면 그 기분은 음식을 먹다 만 것같이 꺼림칙했어요.

"그럼 대수 먼저 해요."

진숙이는 내가 영어책을 꺼낼 생각을 않는 걸 보자 이렇게 말하며 자기도 대수책을 꺼냈어요.

그레고리는 진숙이의 대수책을 빌려 페이지를 한참 넘겨 보더니 세 군데서 약 백 문제가량을 뽑아 50분 이내에 해보라고 말했어요.

나는 그의 말을 듣기는 했으나 그가 낸 문제는 시작하지 않고, 내가 할 예정으로 있던 문제를 반눈을 감았다 떴다 해 가며 풀었어요.

그레고리는 내가 딴 문제를 풀고 있는 걸 몰랐어요. 그만큼 그는 나에게는 관심이 없고, 진숙이의 연필 끝만 바라보고 있었어요.

"미스 진숙은 빠른데!"

방직공이 익숙한 솜씨로 엉킨 실을 풀듯 술술 풀어 나가는 진숙이의 손끝을 그레고리는 감탄하는 표정으로 바라보고 있었어요.

"미스터 남궁은 졸고 있는 건 아니겠지?"

그는 얼마 후에 이마 너머로 나를 힐끗 보더니 픽 웃는 말로 한마디 했어요.

나는 그의 말을 먼 곳을 지나는 기차 고동 소리만큼의 관심으로 듣고, 내 할 일을 멈추지 않았어요. 즉 나는 감은 눈 속에서 숫자를 늘이고 겹치고 있었어요.

그런데 내 뇌의 활동은 갑자기 태엽이 풀린 듯이 정지를 하였어요. 나를 부르던 그의 목소리가 뇌세포에 걸리었어요.

'날 미스터라고 불렀겠다!'

'미스터'란 말은 잘 안 넘어가는 굵은 환약같이 내 목구멍에 걸려 있었어요.

"동자는 눈을 감고 문제를 푸는 습성이 있는 거예요."

진숙이는 나를 위해 설명을 했어요.

"아무튼 미스터 남궁은 괴짜야."

그레고리는 내가 없었으면 킬킬 소리가 났을 웃음의 가스를 입안에 머금은 목소리로 나직이 속삭이고 있었어요.

그러나 진숙이는 그레고리의 품은 웃음에 장단을 맞추지는 않았어요.

"왜 동자를 미스터라 그래요? 기분 나쁘게!"

진숙이는 그레고리를 나무라듯이 말했어요.

"유도와 당수가 천재적이니까 미스터가 맞는 번지수가 아니겠어?"

그레고리는 자기가 멋진 표현을 했다는 듯이 스스로 만족한 웃음을 얇은 입술에 머금었어요.

나는 눈을 감고 있었지만, 소경이 음성의 볼륨에서 오는 뉘앙스로써 그 사람의 표정을 눈으로 보는 이상으로 캐치하듯이 나의 안막에는 그의 얼굴이 보였어요.

"공부 시간에는 딴 얘기는 하지 않기야요."

진숙이는 이 한마디로 그레고리의 빈정거리는 입을 봉하고 방 안은 다시 글씨 소리와 이따금 넘기는 페이지장 소리만 들렸어요.

내가 미스보다 미스터에 가까운 것은 그레고리의 입을 빌리지 않더라도 나 자신이 잘 알고 있는 처지야요.

길에서 어느 남학생이 미스터 남궁, 하고 놀려 댔다면 나는 윗동네의 개 짖는 소리쯤으로 듣고 아프지도 가렵지도 않게 생각했을 것이에요. 그런데 공부 보아 줍네 해서 모인 귀중한 자리에서 그레고리가 그런 말을 하는 데는 어쩐지 아픈 데를 건드린 것 같은 기분이 들었어요.

언젠가, 일요일 아침 집 앞에서 동네의 중·고등 남학생 아이들이 야구를 한 일이 있는데, 구경만 하기에는 몸부림이 나서 끼어든 일이 있어요.

그때 K대 남학생들이 지나가다 보고,

"야아, 남자 이상인데!"

하고 말했어요.

그런 말을 들어도 그때는 아무렇지도 않았거든요. 그런데 오늘 저녁에는 어쩐 일로 그레고리의 한마디가 오래오래 내 마음에 걸려드는지 모르겠어요.

사방을 벽으로 칸을 친 방이라는 오붓한 공간에 그레고리와 가까이 앉아 있는 이 분위기가 나로 하여금 이성(異性)을 느끼게 했는지 모르겠어요.

정직히 말하면 나는, 그레고리가 진숙이하고 다정해지기를 바라면서도, 나도 좀 그레고리에게 잘 보이고 싶었던 것 같아요. 진숙이에게 70퍼센트쯤 관심이 가고, 나머지 30퍼센트쯤은 나에게로 관심을 나눠 주기를 바랐던 거예요. 그러나 그레고리의 나에 대한 관심도는 겨우 10퍼센트 이하인 것만 같았어요.

10퍼센트 이하의 관심이란, 1미터 저편 거리에 물체가 하나 앉아 있다는 정도였을 거예요. 방 안에 있는 책상이나 책꽂이나 내 옷장으로 쓰는 조그만 캐비닛, 이런 물건들과 똑같은 비율로 존재하는 이 방의 하나의 비품 도구로 나는 존재하는 것 같았어

요. 그리고 그레고리는 진짜 미스터이고, 진숙이는 진짜 미스이
고…….

나는 갑자기 제외(除外)된 쓸쓸함을 이 순간 느끼고, 뇌의
기관은 수학 문제에서 완전히 떠나고 말았어요. 그동안 얼마간
의 시간이 흘렀는지 나는 몰랐어요.

"동자야, 다 했니?"

진숙이의 손이 내 무릎에 닿아 흔들 적에 비로소 나는 인공
위성처럼 진공을 헤매던 사변(思辨)의 세계에서 깨어났어요.

"몇 문제나 풀었니?"

"……."

"답이 하나도 나오지 않았는데?"

그레고리가 내 노트를 들여다보며 말했어요.

"노트에는 답이 없지만 머릿속에 있을 거예요."

진숙이는 빨리 노트에 답을 써서 그레고리에게 검사를 맡도
록 재촉이었어요.

"나 대수 문제 안 했어."

"왜?"

진숙이는 걱정스럽게 때꾼한 눈으로 나를 바라보았어요.

"영어 단어 외웠어."

"대수책을 들고서 영어를 했었니?"

"음, 갑자기 영어가 하고 싶어서."

"아니 영어 하자니깐 대수 한다길래 대수 하자고 했더니, 또
혼자 영어를 했나?"

그레고리가 말했어요.

"동자의 공부 방식은 남과 달라요. 좀 괴짜지요."

진숙이는 말하며 웃었어요.

그레고리는 좀 불쾌한 표정이 되어 나를 무시한 채 진숙이가 푼 문제를 검사하기 시작했어요. 백 문제의 답이 모두 동그라미였어요.

"수학 참 잘하시는군요."

그레고리는 이렇게 말하며 흐뭇한 미소가 담긴 눈을 진숙이의 까만 두 눈에 밀착을 시키듯이 한참 바라보았어요.

나는 진숙이의 답안을 들여다볼 생각도 없고, 멀거니 앉아 있었어요.

진숙이의 입에서 나온 괴짜란 말이 너는 한 개 물체다 하는 듯이 들렸어요.

나는 이미 물체가 되어 버린 것만 같았어요.

"동자야, 영어 단어 왼 거나 검사를 맡아라."

진숙이가 이렇게 말했을 때도 나는 인형의 목같이 안 돌아가는 목을 겨우 좌우로 흔들었을 뿐이에요.

그레고리는 속기 쉬운 대수 문제 하나를 예를 들어 설명하기 시작했는데, 내 얼굴을 보지 않고 열심히 진숙이의 눈에만 맞추고 있었어요.

나는 책상과 책꽂이와 캐비닛과 같이 움직이지 않는 물체가 되어 가만히 있었어요.

결국 9시까지 두 시간 동안 나는 아무것도 한 것이 없이 진공

188

이 된 정신 속에 앉아 있었어요.

할아버지는 손수 차를 끓여 쟁반에 들고 비스킷과 함께 가지고 들어왔어요. 대만에 가 있는 친구가 보내온 대만 특산의 엽차인데 여간 귀한 손님이 아니면 내놓지 않던 거예요.

"자아, 이거 대만 엽찬데 귀한 거니 마셔 봐."

할아버지는 손수 차를 따라 그레고리에게 특히 권했어요.

그레고리는 입에 대 보더니 별로 신통치 않은 듯한 표정이었어요.

나도 처음에는 쌉쌀한 그 맛이 마치 한약을 좀 흐리게 한 듯하여 좋은 줄을 몰랐는데, 몇 번 마시는 동안에 뒷맛이 고소하고 향기로운 것을 알게 되었어요. 내가 그 차 맛을 안 뒤로는 할아버지가 좀처럼 주려 하지 않았어요.

여느 때는 10시가 넘어야 돌아오는 어머니도 그날따라 일찍이 나타났어요. 뿐만 아니라 물이 좋은 큼직한 홍옥 사과를 여남은 개나 사 와서 우리 방에 들여놨어요.

어머니는 진숙이나 그 밖에 내 친구가 왔을 때, 과일이고 과자고 집에 있는 것도 좀처럼 내놓지 않는 구두쇠인데, 그날은 모두 특별 대우였어요.

어머니도 할아버지 모양, 진숙이보다는 주로 그레고리에게 시선을 맞추고 권하고 있었어요.

"이렇게 시험 준비를 도와주어서 참 고마워요."

어머니는 깎은 사과를 잘라 놓으며 애교 있게 말했어요. 우락부락한 어머니가 애교 있게 가만가만히 말하는 것이 나에게는 매우 이상했어요.

어머니와 할아버지의 속셈은 나도 짐작이 갔어요.

그레고리가 일류교의 대학생이고 용모도 반듯하고 집안도 좋아 보이는지라 나하고 가까워지기를 기대하고 있는 거예요. 말하자면 나를 그레고리의 상대역인 여주인공으로 정하고 있었어요. 하지만 이 방 안의 분위기는 여주인공이 진숙이고, 나는 일개 엑스트라에 지나지 않았어요.

한마디로 말하자면 꾸어 온 보릿자루 같은 존재였어요.

얼굴과 집

그레고리가 갈 적에, 어머니는 멋도 모르고 친절심을 베푸느라 문간까지 따라 나오며 전송을 했어요. 할아버지는 내가 겨우 엑스트라밖에 안 되는 것을 눈치 채셨는지 기침을 도사리며 사랑으로 들어가 버렸어요.

"어두우니깐 집까지 바래다드릴게요."

그레고리는 어머니가 들어가자마자 진숙이에게 나직이 말했어요.

"혼자 갈 수 있어요."

진숙이는 따라올까 봐 겁을 냈어요.

"가는 길인데 어때요."

그레고리는 진숙이가 가는 방향으로 걸음을 같이 했어요. 나는 이때 골목 모퉁이의 구멍 가게 앞에 서서 바라다보고 있었는데, 진숙이가 급히 혼자 내 옆으로 뛰어왔어요.

"어떻게 하니. 자꾸만 우리 집 앞까지 기어코 바래다주겠다고 하는데?"

"너의 집으로 가지 말구 우리 고모 댁으로 가라."

"가서 어떻게 허니?"

"나하고 같이 가아."

나는 진숙이와 함께 고모 댁으로 향했어요. 고모한테는 아까 저녁 무렵에 미리 얘기를 해 두었으므로 걱정할 것은 없었어요.

그레고리는 엑스트라가 따라나선 것을 덜 좋아하는 기색이었어요. 그는 아마 진숙이와 단둘이서 걸으며 다소곳이 얘기를 주고받고 싶었던 거예요.

"지금 어머니는 집에 계실까요?"

그레고리는 진숙이에게 고개를 돌리며 물었어요.

"글쎄요. 가 보아야 알겠어요."

진숙이는 머뭇거리며 대답했어요.

"어머니한테 인사하는 것이 좋지 않을까요?"

그레고리는 매우 적극적이었어요.

"아마 어머니 안 계실 거예요."

진숙이는 내 옆구리를 쿡 찌르며 말했어요.

고모 댁 문간에 오자 진숙이는,

"안녕히 가세요."

하고 말했어요. 그레고리는 가지 않고 저만큼 서서 보고 있었어요.

"어서 가세요."

진숙이는 안타까운 심정을 감추지 못하고 말했으나, 그레고리는 움직이지를 않았어요.

나는 진숙이보고 빨리 초인종을 누르라고 속삭였어요. 진숙이는 망설이다가, 겨우 문틈 사이에 손가락을 넣으면 닿게 되어 있는 초인종을 눌렀어요.

조금 있으니깐 식모 아줌마가 나와서 문을 열어 주었어요. 식모 아줌마에게도 미리 귀띔을 해 놓았지만 좀 심술궂은 데가 있는 사람이라 안심은 안 되었어요.

진숙이를 먼저 대문 안에 들이밀고 나도 들어서자, 얼른 문을 닫았어요.

그리고 우린 문틈으로 그레고리의 동정을 살폈어요.

그는 집 전체를 한번 훑어보더니 천천히 아랫길로 내려갔어요.

식모 아줌마는 왜 그런 연극을 해야 하느냐고 못마땅한 표정으로 물었어요.

"저 남자가 진숙이를 부잣집 딸인 줄로만 알고 있기 때문이야요."

"그러다가 나중에 알면 어떻게 허우?"

식모 아줌마는 걱정을 했어요.

"그때는 진숙이네가 사업에 실패해서 조그만 오막살이집으로 이사한 것으로 하는 거야요."

내가 대답했어요.

"이 학생 원 집은 어딘데?"

식모 아줌마가 물었어요.

"저편 산동네야."

"아이구 별일이야."

식모 아줌마는 이렇게 말했으나, 그러한 연극에 흥미를 느끼는 표정이었어요.

"그레고리가 만약 낮에라도 문득 여길 우리 집인 줄 알고 내 이름을 부르며 찾아오는 날이면 어떡하지?"

진숙이는 걱정을 했어요.

"아줌마……."

나는 식모 아줌마에게 다짐을 하기를,

"저 남자가 찾아오거든 김진숙이네 집인 듯이 대답해요."

"그래."

식모 아줌마는 노상 찡그리고 있던 얼굴을 펴며 그 장난에 협력해 주기로 했어요.

대문을 열고 밖을 내다보니 그레고리의 자취는 안 보였어요. 진숙이는 죄었던 숨을 웃음과 함께 내쉬었어요.

그날 밤 나는 그레고리 때문에 밀진 공부를 하느라고 밤이 깊도록 자지 않고 깨어 있었어요.

시간을 보니 새벽 3시가 다 되었어요. 하늘에는 구름이 끼어 내 마음의 벗, 달님은 얼굴을 나타내지 않고 있었어요.

아까 진숙이와 고모 댁 앞에서 헤어져 집에 돌아왔을 때, 어머니가 날더러 말하기를,

"그 대학생한테 좀 여자답고 애교 있게 웃어도 보고 그래라. 가끔 부끄러운 듯이 손으로 입을 가리고 고개도 갸우뚱 수그려

가면서……. 만들어 놓은 장승 모양 뻣뻣하니 허리를 쳐들고 있지 말구."

어머니의 관심은 매우 컸었어요.

"난 엑스트라야."

나는 어머니에게 대답한다느니보다 나 자신에게 타이르듯이 혼자 중얼거렸어요.

"엑스트라가 뭐니?"

어머니가 물었어요.

어머니가 모르는 걸 다행으로 여기고 나는 방 문을 닫아 버렸어요. 내가 행여 주역이나 부주역쯤 되어 볼까 생각했던 것을 나는 나의 큰 잘못이라고 반성했어요.

이렇게 맘을 정하니 비로소 편안했어요.

3시 반쯤 되니 졸음이 왔어요. 문득 졸린 눈에 한 소년의 얼굴이 비쳤어요. 소년은 지프 차에 쓰러졌는데, 일어나서 흩어진 신문을 주워서 옆구리에 끼고 신문이요, 신문이요 하고 소리치고 있었어요. 일전에 세종로 네거리에서 만난 그 신문팔이 소년의 얼굴이었어요.

"얘야, 병원에 가 보아라."

"싫어요. 병원에 가면 이 신문은 언제 팔고요."

소년은 어둠 속으로 사라졌어요.

그 소년에 비하면 나는 엑스트라 인생이지만 행복하다는 생각이 들었어요. 내가 식구를 먹여 살릴 책임도 없고 학교에 다니고 있으니, 그 점이 그 소년에게는 없는 것이에요.

나는 밖에 나가서 찬물에 세수를 하고 다시 시험 공부를 계속했어요. 남보다 머리가 좋지 못한 난데, 고교 입시에 합격하려면 남보다 한 시간이고 두 시간이고 더 공부해야만 한다는 생각이 들었어요.

이튿날 저녁에도 그레고리가 우리 집에 나타났는데, 나는 한 개의 물체가 되어 내 공부에 열중했어요.

공부가 끝나도 할아버지는 귀하게 여기는 대만 차를 내놓지 않았어요. 눈치 없는 어머니만 어제 모양 일찍이 돌아와서 또 빵이며 사과며 내놓았어요. 그리고 어울리지 않는 애교 있는 표정을 그레고리에게 보냈어요. 그리고 나에게는 연방 눈짓을 보내며 좀 애교 있는 표정을 지으라고 야단이었어요.

개발의 편자지 가진 물건이나 입은 옷 등이 제격에 맞지 아니함을 이르는 말, 내 얼굴에 애교가 무슨 소용이 있겠어요. 애교 대신 나는 혼자 있을 때와 같이 커다랗게 입을 벌리고,

"아——프."

하고 하품을 했어요.

여태 보지도 않던 그레고리가 하품 소리에 비로소 나를 쳐다보았어요. 어머니는 상을 찡그리며 몰래 나를 나무랐어요.

그날 밤도 그레고리는 진숙이를 바래다주겠다고 같이 걸었어요. 진숙이가 응원을 청하는지라, 나도 따라갔어요.

진숙이는 어제보다 익숙한 태도로 우리 고모 댁 대문 앞에 서서 초인종을 눌렀어요. 그레고리는 문 앞에 붙어 서서 문이 열리길 기다리고 있었어요.

식모 아줌마가 문을 열더니 남학생이 있는 걸 보자 진숙이의 책가방을 받으며,

"아씨, 이제 오우. 시장하시겠수."

하고 능청스럽게 장단을 맞췄어요.

"안녕……."

하고 진숙이는 대문 안으로 자취를 감추었어요.

다음 날 아침 진숙이를 만나니,

"너의 고모 댁이 정말 우리 집 같은 착각이 드는구나. 식모 아줌마까지 나보고 아씨라고 하니 말이야."

진숙이는 한때의 연극이나마 그것이 퍽 유쾌한 듯했어요.

"우리 고모 댁에 아들은 있어도 딸은 없거든. 그러니까 네가 장차 양녀가 될 가망도 있는 거야."

"나 정말 너의 고모 댁의 딸 됐으면 좋겠어."

"그렇게 정해 버려. 나도 우리 고모한테 말할게."

"거짓말하는 거 싫었는데, 이런 연극은 재미있구나. 나에게 없는 것을 잠시 가져 보는 행복감이 있지 않니?"

진숙이는 명랑한 표정이었어요.

"동자야. 너도 그렇게 해봐!"

"무얼?"

"너는 네 자신을 어떻게 생각하니?"

"나야, 꾸어 온 보릿자루지 뭐니?"

"그게 무슨 뜻이지?"

"불 꺼진 촛불."

"얼핏 말하면, 자신이 미인이라고는 생각지 않지?"

"오죽하면 그레고리가 날 미스터라고 불렀겠니."

"좋은 수가 있어. 너도 미인이 되어라."

"어떻게 하면 미인이 되니?"

"그저 미인으로 자신을 갖는 거야. 너의 고모 댁을 내가 우리 집이라고 생각하듯이."

그 말을 들으니 어쩐지 나도 용기가 났어요. 그러나 내가 미인인 척하더라도 남이 알아주지 않을 것만 같아서 다시 기분이 수그러졌어요.

"괜찮아, 남이야 알아주든 말든 내 자신을 한번 미인으로 생각해 보는 거야."

진숙이의 말도 그럴듯해서, 그날 학교서 돌아오는 길에 고개를 쳐들고 미인들이 하듯이 입가에 엷은 미소를 띠고 걸어 보았어요.

미인이면 지나가는 사람들이 한 번 볼 걸 두 번 보아야 할 텐데 아무도 내 얼굴에는 관심이 없었어요. 어쩌다 마주치는 긴 시선은 그 얼굴 꽤 못났다 하는 표정이었어요.

집은 남의 좋은 집을 내 집이라고 임시 속일 수 있지만, 얼굴이야 남의 얼굴을 빌려 올 수도 없는 일이니 혼자 미인이란 자신을 가져 봐도 소용없는 일이었어요.

나는 종전 모양, 다시 고개를 앞으로 숙이고 내 얼굴은 될 수 있는 한 보지 마시오 하는 기분으로 걸었어요. 역시 이러한 밑바닥 위치가 나에게는 맘이 편안했어요. 세계에서 가장 못난 얼굴! 그게 나의 좌석인 걸 어떻게 해요.

드디어 시험 날 아침은 밝았어요. 할아버지가 따라오시겠다고 하는 걸 떼어 버리고 혼자 달음질을 쳤어요.

교문 앞에서 진숙이를 만났는데, 진숙이 어머니가 양장으로 따라 나왔어요.

"동자도 진숙이와 함께 꼭 들어야 해."

진숙이 어머니는 내 손을 붙들며 말했어요.

그 말은 고마웠으나 교정에 밀려든 천여 명의 수험생과 그와 동수의 학부형을 보니 나는 그만 자신을 잃고 말았어요. 경쟁률은 3대 1인데, 3분의 1 속에 내가 감히 뽑힐 것 같지가 않았어요.

이윽고 시간이 되어 사이렌이 교정의 추운 공간을 뒤흔들고 수험생들은 60명 단위로 열을 지어 교실로 들어갔어요.

점 연필

나는 껑다리라 여느 때 교실에서는 맨 뒷자리가 늘 내 차지
였는데, 시험장에선 수험 번호 순서대로 앉는지라 교단 맞은편
복판 맨 앞이 518번 내 자리였어요.

첫날의 시험 과목은 영어, 수학, 국어, 이렇게 세 과목인데 첫
시간은 영어였어요.

감독 교사는 주의 사항을 말씀하시는데, 절대 옆이나 뒤를
돌아보면 안 된다고 했어요.

뒤를 돌아보지 말라니깐 갑자기 뒤통수가 근질근질한 게 돌
아보고 싶어졌어요. 나는 하지 말라는 건 꼭 한번 해 보고야 마
는 못된 버릇이 있지 뭐야요.

나도 모르게 내 고개가 제멋대로 인형의 목같이 뒤로 돌아갔
어요. 긴장한 수험생들의 얼굴이 마치 광주리에 따 놓은 햇밤같
이 윤이 나 보였어요.

그 속에는 진숙이도 있고 춘자도 있을 텐데 어느 얼굴인지 분간할 수가 없었어요.

"뒤돌아보면 퇴장시킬 테야!"

감독 교사가 나를 노려보며 빽 소리를 질렀어요.

이윽고 내 앞에는 답안지가 배부되었어요. 힐끗 본 프린트한 자디잔 검은 글자들은 내가 알지 못하는 괴물딱지들이 수두룩 도사리고 있는 것만 같았어요.

다른 아이들은 햇밤이고 나는 햇밤 틈에 끼인 도토리 같은 생각이 들었어요.

'도토릴망정 하는 데까지 해보자.'

하는 생각에 답안지를 살폈더니, 내가 모르는 단어는 별로 없었어요.

주관식 문제는 적고 대부분이 객관식 OX 문제인데, 그저 맞을 성싶은 것에 O표를 쳐 나갔어요. 알쏭달쏭한 건 연필로 점을 쳤어요. 내 연필통에는 시험 볼 때 연필로 쓰는 흰색과 붉은색의 두 자루가 있어요. 흰색은 둥근 연필인데, 한군데에는 O, 반대편에는 X가 씌어 있어요.

굴려서 나오는 표를 답안에 쓰는 거예요.

붉은색 연필은 육각형인데, 여섯 개의 각(角)에는 1, 2, 3, 4, 5, 6의 번호가 매겨져 있어요. 여러 문제 중 어느 것에 O를 쳐야 할지 모를 때는 붉은 육각형 연필을 굴리는 거예요.

다섯 문제가량은 이 두 점 연필을 굴려서 써넣었어요.

두 시간째 수학은 2백 문제가 나왔는데, 시간이 모자라 30문

제는 손도 대지 못했지 뭐야요.

셋째 번 국어는 역시 객관식이 많아 두 점 연필을 사뭇 굴려 써넣었어요.

교정에 나와서 진숙이를 만났더니,

"나는 수학에 열 문제나 시간이 딸려 못 했어!"

하고 안타까워했어요.

"나는 서른 문제나 못 한걸."

"다른 과목은?"

"다른 것도 형편없을 거야."

나는 점 연필을 굴려서 써넣은 답안을 믿을 수 없었기 때문에 자신이 없었어요.

진숙이는 때꾼한 두 눈으로 나를 지그시 바라보고 있었어요. 말 없는 그 눈은 내가 바나나 껍질이 될까 봐 걱정하고 있는 거예요.

"나도 수학 문제 땜에 걱정이야."

진숙이는 반은 나를 위로하는 뜻에서, 반은 자신도 불안해서 이렇게 말하며 내 손을 붙들었어요.

그 손은 따뜻했어요.

"나는 떨어져도 좋아, 진숙이만 붙으면. 붙을 거야!"

"그래도 몰라, 작년에 셋째 안에 드는 공부 잘하는 아이가 떨어지지 않았니?"

우리가 나오는 걸 보자 진숙이 어머니가 먼저 달려오고, 그 뒤에는 그레고리의 모습도 보였어요.

그레고리는 수학 문제가 워낙 많았으니, 열 문제쯤 못 한 학생이 수두룩할 거니 걱정할 것 없다고 말했어요.

진숙이는 이때 그레고리를 어머니에게 소개했어요.

진숙이 어머니는 그레고리가 진숙이의 공부를 봐 주었단 말을 듣자 허리를 ㄱ자로 꺾고 인사를 했어요.

"아이고, 그런 줄 몰랐군. 참 고맙습니다."

교문을 나서자 그레고리는 진숙이네 집에 따라가서 내일 시험 준비를 보아 주겠다고 했어요.

진숙이 어머니는 반색하며 찬성했으나 진숙이는 싫다고 고개를 저었어요.

"마지막 시험 준비는 혼자 하는 것이 잘 돼요."

진숙이는 잡아떼듯이 말했어요.

"아니, 왜 그렇게 박절하게 거절하니? 일부러 학교에까지 와 주었는데. 우리 집에 데리고 가서 따뜻한 점심이라도 해서 같이 먹을 생각이었는데……."

집으로 돌아오는 버스 안에서 진숙이 어머니는 불만스럽게 말했어요.

"산동네 오막살이 보이고 싶지가 않았어."

진숙이는 나직이 말했어요.

"오막살이면 어떠니?"

"그 대학생, 부잣집 아들이야. 일그러진 판잣집 보면 흉볼 거 아냐?"

"부잣집 아들이니? 아버지가 뭘 하는 사람인데?"

"자세히는 모르지만 큰 회사의 사장쯤은 되나 봐."

"용모는 귀골이고, 옷차림이 산뜻한 걸 보니, 부잣집 자식 같더라."

"그래서 동자의 고모 댁을 우리 집이라고 속였어. 언덕 위의 큰 이층집 있지 않아? 그린색 지붕! 어머니가 우린 언제 저런 집에서 살아 보나 하던 그 집 말이야."

"애, 그러다가 발각되면 더 창피다."

어머니는 당치도 않은 짓을 한다는 표정이 됐어요.

"괜찮아. 그 집 식모가 우리 집인 척 장단을 맞춰 주었으니깐, 어머니도 그 그린색 지붕이 우리 집이라고 하세요."

"아니, 그런 엉뚱한 생각이 어디서 났니?"

어머니는 입을 딱 벌리며 진숙이를 바라보는 것이었어요.

"나도 어머니 닮아 그런 거짓말을 못하는데, 동자가 일을 그렇게 꾸며 놔 버린걸."

진숙이는 웃었어요.

"어머니, 남의 좋은 집을 잠시 우리 집이라고 해보는 것도 재미있어."

진숙이는 날 보고 웃었어요.

그러나 나는 웃음이 안 나왔어요. 점 연필을 굴려서 써넣은 OX와 번호가 아무래도 마음에 걸려 있었어요. 며칠 후 발표될 합격자 명단 속에 내 이름 석 자는 아무래도 탈락될 것만 같았어요.

"……가만있거라…… 그 대학생 어디서 내가 한번 본 것만 같다."

진숙이 어머니는 눈썹 사이에 주름을 잔뜩 모으고 고개를 갸웃했어요.

"미국 영화배우 그레고리 펙과 비슷하잖아요?"

"……아니야, 내가 언제 영화 보니? 영화말구 꼭 어디서 낯이 익었는데……?"

그러나 결국 진숙이 어머니의 기억의 실마리는 풀리지가 않았어요.

다음 날, 시험은 첫날에 비해 알쏭달쏭한 문제가 더 많았어요. 모두 점 연필을 굴려서 답을 써넣었어요.

나는 이때, 아버지가 유명한 점쟁이인 춘자 생각이 났어요. 춘자는 내 뒤로 셋째 건너 앉아 있었어요. 춘자는 자기 아버지한테서 배워, 다섯 손가락을 짚어 보고는 곧잘 점을 쳤어요. 춘자가 비가 온다면 꼭 비가 왔고, 곰탕 시간이 없다 하면 훈육 선생 곰탕은 그날따라 볼일이 생겨서 체육 시간에 나타나지를 않았어요.

교정에 나와서 춘자를 만났길래,

"너는 점을 잘 치니깐 동그라미 가위는 모두 문제없이 했겠구나."

하고 물었더니,

"음."

춘자의 표정은 자신만만했어요.

"너는?"

"난…… 몰라!"

이렇게 대답하며 교정 복판을 바라보니 진숙이 어머니와 그레고리가 나란히 서서 진숙이를 기다리고 있었어요. 진숙이는 화장실에 잠깐 간 틈인데, 나는 진숙이에게 말도 않고 바로 뒷문으로 어슬렁어슬렁 걸어갔어요.

진숙이 어머니도 그레고리도 만나고 싶지가 않아서 혼자 내뺄 생각이었어요.

뒷문으로 가려면 도서실 옆을 지나야 해요.

"남궁동자——."

하고 누가 뒤에서 부르는 굵은 남자 어른의 목소리가 났어요. 돌아보니 에이트가 도서실 문에 열쇠를 채우며 나오는 길이었어요.

"시험 잘 보았어?"

하며, 에이트는 큰 소리로 물었어요.

시험 얘기가 싫어서 슬그머니 빠져나가는 중인데 남의 걱정 잘하는 도서실 주임한테 걸렸지 뭐예요.

"몰라요."

하고 내빼려고 하니,

"이봐, 이봐."

하며, 에이트는 내 뒤에 다가들었어요.

"남궁동자가 만약 떨어지면 우리 학교 농구는 끈 떨어진 뒤웅박이고, 사공 없는 나룻배 신세란 말이야. 그러니 하늘이 무너져도 남궁동자만은 붙어야 한단 말이야."

"그럼 선생님이 좀 붙여 주세요!"

"내가 어떻게 맘대로 붙이고 떨어뜨리고 하나?"

"전들 맘대로 되나요?"

"그러길래 왜 시험 준비 열심히 하지 않고 도서실에서는 졸고만 있었느냐 말이야, 쯧쯧……."

에이트는 요란스럽게 혀를 찼어요.

여느 때는 남의 참견 많은 그 에이트가 싫었는데 이 날만은 내 일을 그만큼 걱정해 주는 그가 다정스럽게 보였어요.

"선생님과도 이젠 작별이야요."

나는 이렇게 말하며 그에게 등을 보였어요.

발표 날

집에 돌아오니 할아버지는 바둑 두러 기원에도 안 가시고 궁금한 얼굴로 나를 기다리고 있었어요.

할아버지는 허물이 없으므로 십중팔구는 떨어질 거라고 솔직히 내 심정을 말했어요.

"……떨어지면 어떠니, 딴 학교에 가지……."

할아버지는 나를 위로해 주었어요.

"나도 진숙이하고 떨어지는 것이 쓸쓸해서 그렇지, 그 학교에 꼭 미련이 있는 건 아니야요."

이렇게 대답은 했으나 3년간 정든 교사와 운동장, 그리고 곰탕, 초상집, 에이트 등 선생님들, 그 밖에 싸우던 아이들까지 모두 그립고, 그 정든 줄이 끊어질 것을 생각하니 에이트 씨의 말이 머리에 떠올랐어요.

'끈 떨어진 뒤웅박이고 사공 없는 나룻배다.'

그건 우리 학교 농구부의 꼴이라기보다는 바로 내 꼴이었어요.

하지만 나는 슬픈 감정을 맘속에 가두고 있는 성미가 아니므로 저녁에는 영화 구경을 갔어요.

마침 코미디언들이 나오는 웃음거리라 실컷 웃고 집에 돌아오니, 여느 때보다 일찍 어머니가 와 있었어요.

"시험 본 게 신통치 못했다면서?"

어머니는 잔뜩 짠 표정으로 나를 바라보았어요.

"오히려 잘됐지 뭐야요. 어머니 일이나 거들고……."

"공부 않고 놀다가 떨어졌다면 모르되 밤잠 안 자고 공부한 공이 아깝단 말이다."

뜻밖에도 어머니의 표정은 초상집 상주와 같았어요.

"어머니는 내가 입학시험에 떨어지는 걸 오히려 좋아하시지 않았어요?"

"못난 소리 하지 마라. 제 자식 떨어지기 바라는 어미가 세상에 어디 있냐?"

"고교에 못 들어가면 가게 일이나 거들라고 말한 적이 있지 않아요?"

"네 성적이 하도 나쁘기에 단념하는 마음으로 그렇게 말한 것이지 어디 그게 내 진심이냐? 매일 밤 잘 적에는 '우리 딸 동자가 꼭 붙도록 해 주십쇼' 하고 하느님께 빌었단다."

을씨년스런 어머니의 표정을 보니 갑자기 내 마음도 울적해졌어요. 더 미리부터 열심히 공부를 못 해 둔 것이 후회도 되었으나 이제는 때가 늦었지 뭐야요.

"아무 데고 딴 학교에 들어가지 뭐."

"변변치 못한 학교에 다니는 그 꼴을 어떻게 보니?"

어머니의 짠 얼굴은 좀처럼 풀리지 않았어요.

"운명으로 돌립시다."

나는 어머니를 위해서 웃어 보였어요.

"뭐가 좋아 웃니?"

화난 눈으로 어머니는 나를 쏘아보았어요. 시험에 떨어진 슬픈 인간은 내가 아니고 어머니 자신인 것 같았어요.

내 걱정을 어머니가 다 빼앗아 갔기 때문에 나는 걱정할 게 없어진 것 같았어요.

근방에 있는 만화 가게에 가서 만화책을 스무 권쯤 빌려 와서 밤늦게까지 보다가 잠이 들었어요.

이튿날 아침 10시쯤, 늦잠을 깨 보니 가게에 나갔는지 어머니는 안 보였어요.

마당에 나가서 세수를 하였더니 그 소리를 듣고 사랑방 문이 열리며 할아버지가 나를 불렀어요.

"동자야, 동자야."

뭔지 반가운 일이나 있는 듯한 활기찬 목소리였어요.

"왜요?"

하고 사랑 문 앞에 가 보았더니 방석 위에 화투짝을 맞추고 있던 할아버지가 말하기를,

"지금 화투짝을 떼어 보았더니 세 번이나 딱 떨어졌다. 아마 네가 합격할 거다."

212

화투짝을 믿지 않는 나로서는 할아버지 모양 좋아하지 않았어요.

이때 대문 소리가 나더니 어머니가 어젯밤의 짠 표정 그대로 쑥 나타났어요.

"뭐래? 합격한대?"

"……."

아무 말 없이 어머니는 고개만 좌우로 흔들었어요.

"화투짝 점은 합격으로 나왔는데?"

할아버지는 힘없이 다시 물었어요.

"……동자가 제 실력껏 하기는 했는데 워낙 시험이 까다롭고 잘하는 학생이 많아서 머리칼 하나 차로 아깝게 떨어질 거래나요."

이렇게 말하는 어머니는 점을 치러 갔던 모양이었어요.

"윤칠박한테 가서 물었나?"

"네에."

윤칠박은 춘자의 아버지야요. 바로 이웃 동네인데, 그분의 점 인기는 이 근방에서 쟁쟁했어요. 작년에 중학교 입시 때 여덟 명의 어머니들이 점을 쳤는데 합격, 불합격을 다 맞혀 보냈거든요. 그 후로는 중앙 관상대의 일기 예보는 의심할망정 춘자 아버지의 점만은 모두 믿으려고 했어요.

아까 화투짝을 떼어 보고 신이 났던 할아버지의 얼굴은 불 꺼진 촛대같이 조용했어요. 어머니의 얼굴도 다 탄 연탄재같이 시퍼러뚱했어요.

'고교 입시 떨어졌지, 내가 죽어 초상이 났나. 저런 얼굴들을 하게?'

나는 속으로 이렇게 생각하며 부엌에 차려 놓은 밥상을 방으로 늘여와서 아침밥을 먹었어요. 밥맛은 어제나 그제나 나에게는 다름이 없었어요.

조금 후 대문 소리가 나더니 고모 댁 식모 아줌마가 부랴부랴 우리 집에 나타났어요.

그레고리가 진숙이를 만나러 찾아왔다는 것이에요. 마침 집 안에는 아무도 없고 식모 아줌마 혼잔데, 그레고리는 급한 일로 꼭 만나야 하니 기다리겠다고 하며 현관 마루에 앉아 있다는 거예요.

고모는 여행 간 고모부를 마중하러 서울역에 나갔는데, 고모부와 함께 곧 돌아오실 거래요. 고모는 우리의 연극을 알고 이해해 주고 있지만, 깔끔한 고모부가 알면 큰일이라는 거예요.

나는 못다 먹은 수저를 놓고 우선 식모 아줌마는 보내고 급히 진숙이네 집으로 달려갔어요.

진숙이는 당황했어요.

"괜찮아! 가서 그레고리를 산책하자고 끌고 나오자."

나는 이렇게 말하며, 진숙이의 손을 잡고 고모 댁으로 뛰었어요.

아무것도 할 일이 없어 심심한 때라 그레고리의 방문은 하나의 심심풀이가 되었어요.

고모 댁에 들어서니 그레고리는 현관 마루에서 그가 늘 들고 다니던 어려운 영문 원서를 읽고 있었어요.

다행히 고모부는 아직 도착하지 않았기에 산책이나 하자고 잡아 끌어냈지요.

이날따라 날씨는 몹시 추웠어요.

"추운데 집에 있는 게 좋지 않아요?"

그레고리는 나오기 싫은 걸음으로 대문을 힘없이 나서며 말했어요.

"나는 추울 때 산책하는 걸 좋아해요."

추위에 콧등이 빨개 가지고 진숙이가 말했어요.

"아씨는 추울 때 산책을 무척 즐겨 한다우. 그럼 아씨, 다녀오우."

고모 댁 식모 아줌마도 능청맞게 말했어요.

"그럼 다녀올게!"

진숙이도 장단을 맞추었어요.

진숙이는 그레고리를 데리고 그저 아무 데고 한참 걸었어요. 한 20분 걸었더니 셋이 다 추위에 오싹해졌어요.

"이상한 취미가 있군요?"

그레고리는 콧물을 연방 닦으며 말했어요.

"네에, 떨면서 걷는 게 재미있어요."

진숙이는 새우같이 몸을 꼬면서 말했어요.

"나에게 표 두 장 사 논 게 있는데 영화나 보러 갑시다."

그레고리의 이 말을 들으니 그는 처음부터 진숙이만을 데리고 영화 보러 갈 목적으로 온 것도 같았어요.

"그럼 다녀와."

나는 걸음을 멈추고 돌아갈 자세를 취했어요. 나도 추워서 더 걷기가 싫었어요.

"아냐, 같이 가아."

진숙이는 나를 떼어 버리기가 미안한 표정이었어요.

"미스 남궁은 영화 싫어하는데 우리만 갑시다. 싫은 걸 가자는 것도 에티켓에 벗어난 일이니깐."

그레고리는 이렇게 말하고 택시를 세웠어요. 진숙이는 나에게 미안한 표정이었으나, 그레고리가 미는 바람에 택시 안에 탔어요. 이윽고 차는 날아가듯이 내 앞을 떠났어요.

하지 말라면 한번 해보고야 마는 내 버릇이 이때 쑥 튀어 나왔어요. 나도 마침 온 택시를 잡아타고 그 뒤를 쫓았어요. 돈 가진 것이 백 원인데, 영화관 앞에 닿았을 때 택시 미터는 90원이 나왔어요.

그레고리와 진숙이는 미리 사 놓은 표로 의젓이 들어가고 있었어요.

아는 사람이나 있으면 돈을 꾸려고 두루 살폈더니 모두 낯선 얼굴뿐이었어요.

이대로 집으로 돌아갈까 할 때, 영화 광고를 잔뜩 실은 자전거 한 대가 영화관 앞에 와서 닿았어요. 자전거에 XX 인쇄소라고 쓰인 것을 보니, 아마 인쇄소에서 영화 광고를 찍어 가지고 온 것인가 봐요. 에이트 비슷하게 생긴 나이 먹은 남자 어른이 영화 광고 삐라를 다 못 들고 절반을 안고 영화관 안으로 들어섰어요. 이때, 나는 얼른 남은 절반의 삐라 뭉치를 자전거 위에서 집어 가슴에 안고, 인쇄소 직원인 척하고 그 뒤를 따랐어요.

표 받는 여자들은 광고를 들고 들어선 나를 보자 표 내란 말은 안 했어요.

이층 사무실에 가서 삐라를 놓았더니 에이트 비슷한 인쇄소 아저씨는 나를 영화관 종업원인 줄 알았던지,

"아이고, 아가씨 고맙소!"

하고 인사를 하였어요.

나는 얼른 이층 관람석 속으로 들어갔어요. 진숙이와 그레고리도 이층으로 올라갔었어요.

이층 높은 위치에 빈 좌석을 찾아 앉아서 두리번거려 보았더니 복판 줄에 그레고리와 진숙이가 나란히 앉아서 무엇인가 얘기를 하고 있었어요.

이윽고 불이 꺼지고 영화는 시작되었어요.

두어 시간 후 영화가 끝나자 나는 일어나지 않고 그대로 앉아 있었어요. 두 사람이 같이 가는 데 방해가 되지 않으려는 생각에서가 아니라, 오후 3시라는 시간을 밝은 데서 맞이하기가 싫었어요. 지금 시간은 2시 반, 앞으로 30분 후에는 합격자 명단이 발표되는 거예요. 지금쯤 교정에는 수험생과 학부형들이 구름같이 밀려와 있을 거예요.

진숙이는 나가는 길에 그레고리와 함께 학교로 갔을 거예요. 나는 본 걸 또 한 번 보고 4시 반경에 밖으로 나왔어요.

영화관에서 우리 학교까지는 엎어지면 코 닿게 가까웠지만

없는 번호를 찾다가 돌아서기가 싫어서 될 수 있는 대로 시간을 보내기 위해서 버스도 안 타고 찬바람 속을 일부러 걸어서 집에 돌아왔어요.

잠긴 대문을 두들겼더니 내 목소리를 듣고,

"동자니?"

하는 들뜬 어머니의 목소리가 튀어나왔어요. 이윽고 할아버지가 싱글벙글하며 사랑에서 급히 나오시는 것이 문틈으로 보였어요.

"동자야, 너 붙었다."

어머니의 얼굴은 춘삼월 봄빛같이 화창했어요.

"내 번호 518번인데, 남의 번호 붙은 거 보고 좋아하는 거 아니유?"

나는 믿어지지가 않아서 물었어요.

"518번 틀림없다. 너의 엄마도 보고 나도 보았고, 진숙이도 보고 좋아라 하며 손뼉을 쳤다면 그만이지."

할아버지는 이렇게 말하며 자기의 화투점이 맞았노라고 자랑했어요.

그래도 나는 어쩐지 반신반의해서 그 길로 버스를 타고 학교로 가 보았어요. 512번이 있고 껑충 뛰어서 518번이 의젓이 내 눈앞에 보였어요.

"동자, 어떻게 됐어?"

누가 이렇게 말하며 어깨를 탁 치길래 돌아보니 에이트 영감이었어요.

"아마 붙었나 봐요."

"야아, 신통하다!"

"핫핫핫······ 우리 학교 농구부는 이제 걱정 없다. 도서실에서 졸고만 있더니, 그래도 합격을 했구먼! 핫핫핫."

에이트는 나만큼 보기 싫은 이빨을 다 내놓고 허리를 흔들며 웃었어요. 그러나 에이트 옆에는 떨어진 학생 하나가 울고 있었어요.

생물 선생 초상집도 지나가다 나를 보더니,

"동자는 어떻게 되었는고?"

슬픈 어조로 물었어요.

"붙었어요!"

에이트가 널름 대답을 하니깐,

"그건 매우 반가운 소식이다. 나도 새 학기에는 아마 고등학교로 옮기기 쉽다. 그때, 다시 만나자!"

초상집은 여전히 슬픈 어조로 말했어요.

이튿날은 일요일인데, 그레고리에게 합격의 소식을 듣고 양부모 댁에서 나와 진숙이의 합격을 축하해 준다고 오라는 연락이 왔어요.

점심 무렵에 걸음도 가볍게 진숙이와 나는 뚱보 아저씨네 집으로 갔어요.

이름도 모를 중국 요리가 우리 앞에 잔뜩 날라져 왔어요.

그 자리에는 그레고리도 참석했는데, 그는 여전히 영어 원서를 손에 들고 있었어요.

"오호, 이 책 철학책 아닌가?"

뚱보 아저씨가 힐끗 보더니 물었어요.

"네에."

그레고리는 대답했어요.

"영어 실력이 대단하구먼. 이렇게 어려운 영어 원서를 읽는 걸 보니."

뚱보 아저씨는 책장을 넘겨 보더니 그렇게 말했어요.

"과히 어렵지 않아요."

그레고리는 대답했어요.

"……이게 무슨 말이지?"

뚱보 아저씨는 고딕 글자로 크게 쓴 한 센텐스를 가리키며 물었어요.

"그거…… 저어…….."

그레고리는 우물쭈물하며, 그 대답은 않고 자기가 진숙이와 나의 영어 공부를 도와준 얘기를 했어요.

이윽고 양어머니가 권하여 모두 점심 식사를 시작하려고 하는데,

"준식아아, 준식아!"

하고 요란스럽게 부르는 소리가 밖에서 들렸어요.

"누가 자네를 찾네그려."

뚱보 아저씨가 그레고리를 보고 말했어요.

"저의 시골집 머슴이 서울 구경 왔는데, 절더러 길을 안내해 달라고 온 거예요. 준식이 없다고 해 주세요."

양어머니가 밖으로 나가시더니 잠시 후에 들어오셔서 하시는 말이,

"준식이 아버지라고 하는데?"

"……아니에요. 우리 집 일꾼이에요."

그레고리는 짠 얼굴로 말했어요.

이때 현관 앞에서 아까 그 목소리가,

"얘 준식아, 너 귀찮지만 애비 길 좀 가르쳐 주렴."

하고 말했어요.

유리창 너머로 내다보니 과연 초라한 옷차림을 한 시골 사람이었어요.

그레고리는 나가더니, 한참 후에야 들어왔는데,

"그놈의 영감쟁이, 나를 자식같이 귀여워하는 건 좋지만 공연히 애비인 척하는 데는 질색이야."

하고 중얼거렸어요.

부모가 아닌 사람이 부모라고 자칭할 리가 없을 거 아니겠어요?

나는 그레고리라는 인간이 못되게 보였어요.

파티가 파하고 돌아가는 길에 진숙이는 말했어요.

"자기 아버지가 시골서 제분 회사의 사장이라고, 영화관에서 말했어. 거짓말인가 봐."

"그 새끼 틀려먹었다! 알지도 못하는 철학 원서를 들고 다니구!"

"그러구 보니, 그레고리가 우리 영·수 보아 줄 때 틀린 게 많았어!"

진숙이도 입을 휘며 말했어요.

"그레고리, 그래도 좋으니?"

"이제 싫어. 보이 프렌드 취소다."

진숙이는 고개를 저었어요.

그날 저녁 때 진숙이가 헐레벌떡하면서 우리 집에 찾아왔어요.

"우리 어머니가 그레고리를 어디서 보았다고 하셨지?"

"음……."

"내 얘기를 듣고 이제 생각이 난대. 그 새끼 백화점 층계에서 우리 어머니를 밀치고 달아난 바로 그 새끼래."

"어머나!"

"어머나!"

"대학생이란 것도 아마 거짓말인가 봐. 학교 얘기는 조금도 안 하지 않아?"

호랑이도 제 얘기 하면 온다고 그레고리가 우리 집에 찾아왔어요.

진숙이는 숨고 내가 나가 보았더니 그가 하는 말이,

"사람을 그렇게 골탕을 먹이기야? 양옥 이층집은 알고 보니 동자의 고모 댁이더군. 진숙이네 집은 산동네 판잣집이라면서? 지금 그 집에 찾아갔더니, 남자 주인이 화를 내면서 말하지 않아?"

나는 이에 대한 대답으로 당수로 그의 머리통을 한 대 갈겨 주었어요. 그는 픽 하며 고꾸라졌어요.

"아니, 이게? 사람을 친다."

잠시 후 그는 정신을 차리고 나를 노려보았어요. 어느새 나왔는지 진숙이가 내 옆에 와 서 있었어요.

"XX 백화점에서 한 달 전에 부인을 밀쳐 층계에서 떨어지게 한 일 있지? 그게 바로 우리 어머니야. 네가 무슨 대학생이야. 자기를 키워 준 아버지를 머슴이라는 새끼."

이럴 때의 진숙이의 말은 날카로웠어요.

"이것들이 까불어!"

그레고리가 본성을 나타내며 덤비려고 하는 걸, 유도로 다리를 걸어 옆의 시궁창에 처넣어 버렸지요. 그리고 나는 진숙이의 손을 붙잡고 산동네 진숙이네 집으로 달아났어요.

언덕 위에서 보니, 너털너털 돌아가는 그레고리의 뒷모양이 보였어요.

"굿바이!"

진숙이는 웃으며 손을 흔들었어요.

언덕 위의 바람은 쌀쌀했으나 어딘지 봄의 발자취가 다가오는 듯도 했어요. 아니, 봄은 아직 멀었겠지요. 우리의 가슴에 먼저 봄이 찾아온 건가 봐요.

iiiiiiiii